JN020625

集英社オレンジ文庫

会社の裏に同僚埋めてくるけど何か質問ある?

夕鷺かのう

本書は書き下ろしです。

Contents

会社の裏に同僚埋めてくるけど何か質問ある? 5

あたしの幸せな生活 103

夢 205

とある縁切り神社にて 231

イラスト／くろのくろ

会社の裏に
同僚埋めて
くるけど
何か質問ある？

法10』 http：//www.XXXXXX.ne.jp

書き込みID：5y7＊＊＊&pk
マジレスすると事前に解体したらそんなに溶けるまで時間もかからなくね？けど硫酸は意外に溶けないらしい。苛性ソーダのほうがいいよ。別名水酸化ナトリウムな。理科の実験でおなじみ。通販で売ってるし。今調べたら中南米かどっかで、本物のシチューメイカーが数百人溶かしてたわ。あと、苛性ソーダ自体は無臭だけど、人体溶かすときは、鼻にツーンとくる独特のにおいするそうだから注意。反応のせいでアンモニアが出るからってのと、そもそも動物溶かしてること以前に薬品が気化して鼻に入ってくるのもあるとかで、粘膜ピリピリするってさw

投稿主書き込みID：Rdx＊＊＊isy
ご親切にありがとうございます。溶かすのはいいかも！

投稿主書き込みID：Rdx＊＊＊isy
手足が長いタイプなので、段ボールにも入らなくて困っていたから助かりました

書き込みID：7gl＊＊＊81x
手足？毛足じゃなくて？犬に手はない

書き込みID：7gl＊＊＊81x
なあ、それ本当に犬？

【この質問は回答の受付を終了しました】

【緊急！】誰にもナイショで、犬の死体を処分したいのですが、おすすめの方法はありますか？

日付20＊＊＊＊＊＊　　　投稿主書き込みID：Rdx＊＊＊isy

飼っていた大型犬が、世話をしきれずに死んでしまいました。知っている人にバレると具合が悪いので、見つからないように処分したいです。いい方法はありますか？

書き込みID：Tj1＊＊＊y70

可愛がっていた犬なら、ちゃんと動物霊園に入れてやれ

投稿主書き込みID：Rdx＊＊＊isy

誤解を招くかもしれませんが、好きで飼っていたのではなく、しかたなく押し付けられた犬です。動物霊園には、事情があり入れられません。図体もかなりあるので難儀しています

書き込みID：5y7＊＊＊&pk

いっそ硫酸で溶かすとかどうww　死体処理屋のシチューメイカーって、ド定番w

書き込みID：7gl＊＊＊81x

自分も投稿主はちゃんと弔ってやるべきだと思う。経緯は知らんけど長いこと一緒なら愛着だってそこそこ湧くだろうし、最期まで責任持つのが飼い主ってもの。以下参考まで

『ワンちゃんネコちゃんの埋葬に困っているときの対処

『桜の樹の下には屍体《したい》が埋まつてゐる！』

──その一節から始まる、梶井基次郎《かじいもとじろう》の作品が好きだ。

冒頭からして物騒なそれは、タイトルは『櫻《さくら》の樹の下には』……だったか。

梶井基次郎の作品は、うっかり全集を買ってしまうほどには好きだ。一番の気に入りは、オーソドックスながら『檸檬《れもん》』だった。積み重なった本の上に置かれた黄色い果実が、いつか爆発するかもしれないという益体《やくたい》もない妄想に、作家と一緒になってにやりとほくそ笑んだものだ。

けれど、今の私にとって、『檸檬』は少々なまぬるい。何かにつけて思い出してしまうのは、やはり『櫻の樹の下には』。

爛漫《らんまん》に咲き誇る美しい花樹の根元に、一つ一つ死体がある。小さい死体、大きい死体。そこから赤く滴《したた》る養分を吸い上げて活力を得るからこそ、桜はあんなにも美しい。そう考えて初めて、梶井──と思《おぼ》しき作中の語り手──は春に桜の下で騒ぐ酔客たちと同じ明い心地を味わえる、とか。梶井は、産卵を終えたうすばかげろうたちの無数の死骸《しがい》からその着想を得たらしい。まったく、常軌を逸して素晴らしいことである。

あの文章を最初に読んだのは、よくは思い出せないけれど……小学生かそこらの時に、確か児童向けの幻想文学集か何かで……だった気がする。狂人が己の思考を、衝《つ》き動かされるまま文字のうちに叩きつけるがごとく綴《つづ》られた文章は強烈で、そういったものに不慣れな当時の私は、うっかりと読んでしまったその短編の毒気で一日中吐き気がしたものだ。だから、時を経《へ》て教科書に載っていた『檸檬』の著者名を見た時は、正直どきりとした。それがまたあまりに荒唐無稽《こうとうむけい》で無邪気なお話だったから、おかげですっかりと小学生の頃に吸い込んだはずの「毒気」を抜かれてしまったうえに、高額な全集を買い求める程度には、彼のファンになってしまったわけだけれども。

話を戻そう。

——桜の木の下には死体が埋まっている。

でも、死体を埋めるために桜の根元が最適解かといえば、それはいささか疑問がある。確かに私の勤める区役所の庁舎のそばには桜並木があるけれど。体重五十キロ以上のものを運ぶには少しばかり、遠い。

……では、前庭はどうだろうか。たとえば近年、他都市からの同調圧力に負けて導入した、ゴーヤのグリーンカーテンのひかれた壁の下とか。

それに何より、前庭には大きな花壇がある。ガーベラ、ビオラにパンジー、サルビア、チューリップ。ベゴニア、ミニバラ、金魚草に立葵《たちあおい》、ひまわり、コスモス……。季節によって色とりどりの花を咲かせるそれ。ああ、マリーゴールドは忘れちゃいけないかな。あれの花言葉は「絶望」や「悲嘆」だったように思うから。

黄色。オレンジ。赤。紫。白。ピンク。そしてむせ返るほどの濃密な緑。花の大きさも色もつつましやかな桜などよりもよほど鮮やかで、目も眩《くら》むほどのビタミンカラーの花々は、きっと栄養をうんと吸い上げるに違いない。であれば、か細い彼らの根毛から取り込みやすいように、肥料《ひりょう》はドロドロに溶かしてあげたほうがきっと優しいだろう。

庁舎の花壇の土には。

――あいつの死体を埋めて、いや、撒いてやりたい。

殺し方なんてどうでもいい。でも、なんの役にも立たないあの男を、せめて屍《しかばね》だけでもきれいな花の肥《こ》やしにしてやりたい。本屋のどこかで爆発するのをじっと待つなんて、私のほうが壊れてしまう。

早く、早く死んで。死んで、死んで、死んで。死んでほしい、今すぐに。病弱なのでは？　なんで生きている？　どうして死なない？

なんて。

――冗談で考えても、罪にはならない。

こればかりは、内心の自由を保障してくれる日本国憲法に感謝だ。

＊

出勤は定時どおり九時。お昼休みは十二時から十三時まで。退勤は十七時半。入庁前、私が地方公務員に抱いていたイメージどおりなら、その時間どおりに来て仕事をし、帰るはずだ。

けれど私の朝はだいたい七時前。……そうしなければ、仕事が終わらないもので。定時にならなければ表玄関は開かないから、正面広場の横を抜けて裏口に回り、守衛さんにカギをもらって職員証をタイムカードにかざす。

裏口のドアをくぐる前に、時折ふと振り返ることがある。灰色の庁舎の壁を覆《おお》うゴーヤのグリーンカーテン、前庭の美しい花々。今は十月の半ばだから、秋の花々が「時代は我が世」とでも言わんばかりに咲き乱れている。

それらの花の名前は、この間教えてもらったところ。燃えあがる火焔《かえん》のような不思議な花を赤やオレンジに咲かせるのはケイトウ、紫や黄のパンジー、色つきキャベツのような見た目の葉牡丹《はぼたん》、花は可憐《かれん》そのものなのに別名「金のなる木」というらしい花月《かげつ》。けれど視線を前に戻すと、そういった明るい陽光射す外の気配を遮断するように、裏口に通じる薄暗く細い路地、その先には庁舎内の光景が広がっているのだった。

席に着いたら、まずはデスク周りの整理。机の引き出しを開けて、『帰山志帆《きやましほ》』と私の名の書かれた青い紐《ひも》付きのネームプレートを取り出し、首から提《さ》げる。これを身に着けた瞬間、いつもどっと脱力する。

名前の上に連ねられた文言は、『X市A区役所　国民健康保険課』。――入庁四年目、区役所勤務。それも、職務内容が厄介《やっかい》なことで定評のある、社会保障関連。さらに二つめの異動でこの場所だ。最初は、市立病院の会計課への出向だった。

かつて倍率の高い採用試験を突破し、憧《あこが》れの政令指定都市行政職の内定を手にした時、天にも昇る心地だったはずなのに。一度目はもちろん、二度目の異動内示で所属名を告げられた時はことさら、……がっかりしたというほかない。

がっかり、というより。

どちらかというと……何やっているんだろうか、という気持ちのほうが強い。

この都市に生まれ、このまちが大好きで、まちを守る仕事がしたくて公務員になったはずなのに、……と。

関東の某《ぼう》政令指定都市Xに生まれ育った私は、なにせ地元愛が強い人間だった。

地元で観光関連の仕事をしていた両親の影響も強くあったように思う。私は、それが当然だとでもいうように、大学では観光について学んだ。極めつきに卒論のテーマは故郷の地域振興についてだったのだから、筋金入りだ。

気持ちが高じて、自然と、そこを盛り立てる仕事がやりたいと思うようになっていく。旅行会社やホテルなど、観光にたずさわるお仕事に直接関わるのも魅力的だけれど、むしろ興味があったのは、そうした職に就く人たちが、今以上にもっと活発に動ける土壌づくりだった。

大学三年生になった頃から、満を持したと言わんばかりに、私は自治体職員になるための猛勉強を始めた。そうして、苦手な法律の勉強も参考書と睨《にら》めっこしながら独学で頑張り、面接で緊張にしどろもどろになりながら必死に射止めた、一般行政職地方公務員の座。

私が夢見ていたのは、市政の中枢《ちゅうすう》にたずさわるような仕事。たとえば市長室の秘書課とか広報課とか。財務部とか、官民連携企画部とか……でも。

『最初の二、三年は丁稚《でっち》奉公だから、仕方ないね』

入庁が決まり、研修が終わった後に、落胆した気持ちを隠しもせずに病院勤務になったことを報告すると、同じく大きな自治体の一般行政職員だったいとこのお姉ちゃんには、そんな風に言われた。

『こういうのって、とりあえず裏方や、市民への直接窓口にあたる仕事をこなして、経験を積んでから本庁に勤務することになるものなんだよ。そうやってきっちりと勤務経験を積んだ職員を、今度は本庁に吸い上げて、花咲かせるように前線の仕事に就かせるの。なんでもできるジェネラリストを育てるためだって。大きな自治体は、どこもそんなコースが鉄板になっているらしいよ。だから、仕方ないかもね』

お姉ちゃんの言葉に頷《うなず》き、信じて勤めること二年。

ところが、歯を食いしばって苦手な会計事務を終えてみると——異動先は、またしても出先の区役所だったというわけ。

聞くところによると、どうやら市長がある日突然こんなことを言い出したらしい。

『出先機関などで、利用者との関わりが深い仕事に現行でついている職員は、このまま類似の部署に置いてキャリアを積ませ、市民が安心して窓口に来庁できるよう応対のエキスパートに育てる』

——市長の意向を伝える一斉通知文には他にも何やらこまごまと書いてあった気もするが、あおりをうける当の職員としては「ふざけるな」の一言に尽きる。応対のエキスパート？　聞いていない。なりたくもない。そんな風にいきなり方針を変えるのならば、募集要項にちゃんと書いておいてほしい。「トップの気まぐれで、仕事内容はコロコロ変わります」と……。

今まで従事してきた、一風変わった独特の空気を持つ市立病院への出向とは違い、区役所という、一般的ないわゆる出先機関での勤務。おまけに、――病院時代は内勤の会計事務が中心だったから、めったにしたことはなかったけれど、――それでも苦手だと自覚のある市民対応。

本音を言えば、もちろん本庁勤務がよかった。でも区役所に決まってしまったのなら、それならそれで、私はまちづくりに関わってみたかった。区民と密着しながらこなす業務にも、いろいろあるはずなのだ。市民協働課とか、区政振興課とか、地域の団体と連携しながらよりよい暮らし作りのお手伝いができる仕事が。

で、――蓋《ふた》を開けてみれば、国民健康保険課だったのだけれども。

お仕事の内容を聞いてみれば、ひたすらデータ入力に次ぐデータ入力が主だという。来庁者様から窓口で情報を聞き取ったり、書いてもらった申請書を受け取ったり、それを端末に打ち込み、さらに打ち込んだデータを呼びだして利用する。その繰り返し。

正直。とっさに……私でなくてもできる仕事だ、と思ってしまった。

新卒入庁の四年目だから、私は間もなく二十六歳になる。もちろん、私はまだ入庁してさほども経《た》っていないヒヨッコで、だから市職員としては単なる一般行政事務の一人で。管理職でもないくせに、……そもそも、さしたる経験や知見もないくせに。いったい何ができる気になっているんだと、言われてしまえばそれまでだけど。でも、私は私なりに、この市のために勉強を重ねてきたつもりだった。

この市の観光について学び、研究してきたことを実践《じっせん》する日を夢見ていた。ためてきた知識を使って役立てることがあると思っていた。入庁前の職務説明会や、新卒職員の研修で、講師の方から市政の最先端についてのお話を聞けた時は、働くことが楽しみで胸が躍《おど》った。採用試験の面接では、とても緊張したけれど、人事の方々に胸のうちの熱を語れたと、だから採用してもらえたのだ、と捉《とら》えていた。

……すべて勘違いというか、思い上がりも甚《はなは》だしいと、こうして異動をもって鼻で笑われてしまったのが、結末なのだが。

最初の数日はそれでショックを受けていたけれど、「ちゃんと市民の実情を知ることも大事な仕事だし、本来、公務員ってこういうものなんだ」と、私はどうにか自分を納得させられた。そこまではいい。

でも、今の私を明確に悩ませるものは、また別に存在する。

地方公務員になる時点で、覚悟を決めておかなければならなかったのかもしれないけれど。でも、四年目になってから、こんなに正面から余波を受けることになるなんて、思ってもみなかったこと。

『公務員の仕事っていうのはね、水の流れと逆なの。低いところから、高いところに流れてくるのよねえ』

いとこのお姉ちゃんが放った台詞《せりふ》の続きだ。聞いた時は、正直意味がわからなかった。

『内定おめでとう、志帆ちゃん。夢や目標と違うこともいっぱいあるだろうけど、気をしっかり持ってね』

――頑張ってね、とは。彼女はついぞ、言わなかった。

バリバリ仕事をしている彼女に憧れながら同じ仕事に就いた私が、その言葉の真意を知るのは、もう少し後のことになる。

＊

さて。ここで少しだけ、私の今の業務内容について触れておきたい。

この仕事につくまで、私は正直、『国民健康保険』という言葉に興味を持ったことはなかった。いや、病院出向で会計事務をしていた時も、もちろん縁深いはずの仕事ではあったのだが、はっきり言って数多《あまた》ある健康保険の一種でしかなかったし、もっと突き詰めれば、それ以前に学生時分は『保険』というものの存在からしてほぼ認識したことはなく、他の生命保険だの火災保険だの自動車保険だのとの区別がついていたかすら怪しい。むしろ『保健』と漢字の書き間違いをしていたレベルではなかろうか。

まあ、そもそも定義も意味も考えたことがなかったから仕方ない。病院に行けば普通にかつ当然に医療費三割負担で診てもらえるし、その際には、認識するまでもなく親が作っていてくれた、自分の名が被扶養者欄に刻まれている健康保険証を提示していたものだ。残りの七割をどこの誰が出しているかなんて、意識の外だった。

今は、そうした過去の当たり前というのは、決して「当たり前」なんかではなかったのだな、……ということを強く実感している。

そして、この制度について説明する前に、日本という国はそもそも『国民皆保険制度』というものがあり、およそ国民、というより今や日本国にいる住民はほぼすべて、健康保険なるものに加入せねばならない……と法律で定められている事実を知らせておかねばならない。

保険というからにはもちろん「何かがあった時の補償制度」であり、健康保険とはつまり、自分が健康を害した——それも思いがけない病気や怪我などで——時に、時代劇のごとく「うちは貧乏だから、高いお薬代は払えねえ……」などと言わず、安心して治療が受けられるように、前もってお金を出し合っておく互助システムである。

大きな会社は自前の社会保険を持っていたりするし、小さな会社でも全国健保組合に加入できるし、公務員には各共済組合がある。国民健康保険は、そうした他の組合に入れない、自営業や無職の方を掬《すく》い上げるものだ。余談になるが、「国民」とついていても、国が管理する年金と違って運営主体は自治体である。

なお、先述の「困った時のために前もって払っておくお金」が保険料だが、国民健康保険料は、加入する誰もが一律に同じ額を払うわけではない。

各被保険者の所得や、加入人数――世帯ごとに加入するので、ついでに加入世帯員の所得も勘案する――も個別の保険料を決める要素になり、場合によっては、そもそも世帯収入が少なすぎることを理由に減額されたり、仕事を辞めたばかりで収入が激減したとか、災害で家財一式なくなったとか、様々な要因で減免されたりする。

私がしている仕事は、主に国民健康保険――国保と略すので以下そうしたい――に加入する人たちの、データ処理事務。でも、窓口仕事ももちろん我々でこなすから、書類データを受け取って入力してお金を計算してお支払いの手続きにつなげるまで、一連のことすべてをやらなければならない。

さらには、高すぎる治療費入院費を払った人に一定額以上分をお返しする高額療養費やら、社保に加入したのに間違って国保の保険証を使って病院に行った人にお金を返してもらうための給付費返還やら、各ご家庭に向けての保険料のお知らせの発行やら、七十歳以上の前期高齢者の方にお渡しする高齢受給者証の発行やら、お子さんを産む加入者さんにお支払いする出産育児一時金とか、加入者さんがお亡くなりになられた際の葬祭費支給やら、……この〝外から見えない〟諸々の事務はめっぽう多い。皆様が役所に行った時、窓口に出てこないで机と睨めっこしている職員は、決してあなた方を無視しているわけではなく、本当に忙しいのだ……ということを、この際強く主張しておきたいものである。

他に誤解を受けやすい点といえば、いかに国民皆保険制度の国といえど、国保というのは、各自が希望しないと加入できないことも伝えておきたい。自治体が勝手に「あなた、どこの健康保険にも入ってないから、今日から国保ね」と強制加入させるわけにはいかない。それはもちろんのことだ。

だから、国保に入りたい方には、「私を、もしくは私と家族を入れてください」とみずから窓口にお越しになり、申請書を書いて添付書類とともに提出していただくことになる。入力班に所属している私が受け持っている国保の入力データというのは、この加入希望者の記入してくださった申請情報のことだ。

名前が誰で、住所がどこで。そういった情報を、市民課と情報共有している住民基本台帳から呼び出し、申請いただいたご本人様が、きちんと我が市、我が区の方であるかを確認する。そして、その世帯から何人がどんな理由で加入するのかを登録し、さらに今度は、市税の情報を持ってきて、同時提出していただいた諸々の申請書と突き合わせながら、どうにか賦課額《ふかがく》を安くできないかを見ていく。

ちなみに、低い人の国民健康保険料は、むちゃくちゃのめっぽうに低い。どれくらいかとは明言しがたいが本当に低い。そして、高い人は、それはそれは目を剝《む》くほど高い。一応は最高限度額といって、「どれだけ稼いでいても、カンストしたらここまでですよ」という天井は決まっているのだが、それにしたって高い。一番気の毒なのは、最高限度額内の底値を稼ぐ人だ。湯水のようにカネが湧くほどガッポリ稼いでいるわけでもないのに、保険料はゴッソリ取られる。

さらに。紙の申請書を使っているのだから仕方がない話だけれど、令和の世にあって、こうしたデータはすべて手入力で登録している。何より驚いたことに、操作一つとってもキーボードによるコマンド入力なのである。

我が市では国保データのあらゆる管理作業においてマウスは一切役に立たず、入力したい場所まで、地道にぽちぽちとタブキーを押しながら進めるしかない。行き過ぎたらもう一周である。なんでも昭和の大昔、パソコン黎明《れいめい》期に導入したシステムを、予算がないから改修できず、そのうち蓄積データがパンパンになりすぎてにっちもさっちもいかなくなり、こうして後生大事に使い続けているそうな。効率が悪すぎると思うのだけれど、事情が事情なのでどうしようもない。

時代錯誤《さくご》といえば、国保は世帯単位で加入するので、入っているのが子供だけでも、世帯主が親なら親の名前宛に請求書が行く上に、国保料の算定には親の所得が勘案される。ついでに、これが原因で「意味がわからんぞ」と加入者さんがよく怒鳴り込んでくることも付記しておく。

そう。うちはお金に関わるところだから——とくに経済状況にセンシティブになっている方に、しばしばお叱りを受ける部署でもあるのだ。

閑話休題《かんわきゅうだい》、大幅に話が逸《そ》れた。

退職したり就職したり、引っ越してきたり出て行ったり、生まれたり亡くなったり。そうした皆様の日々の加入脱退状況や、所得申告をしていない方の所得聞き取りデータなどを端末にひたすら打ち込んでいく作業というのは、もちろん一人ではできない。量が膨大すぎるためである。故に、個々人の分担事務とは別に、入力班として四人ほどでチームを組み、これにあたっていくことになる。

この入力事務、もちろんチームリーダーにあたる人間もいる。今年のリーダーは私だ。去年はどうにか仕事についていくことに必死でアップアップだったものの、ある程度自力できちんと回せるようになった二年目の今、むしろ私個人の仕事だったらよかったのに……と思うこともままある。

なにぶん、チームの中に、大変な問題児がいるためである。

——その問題児の名前は、宮村常市《みやむらつねいち》という。

御歳《おんとし》五十一になろうかという、大きな大きなお子ちゃまだ……。

＊

「志帆ちゃん、この納通って発行した覚えある？」

「え？」

いつも通り、国保課の奥に並ぶ端末の一つで、黒い背景に白や黄色の文字が躍る昔ながらのコマンド入力画面と睨めっこしながら、チカチカする目を我慢しつつ自分の受け持ち分のデータ入力作業に勤《いそ》しんでいると。唐突に声をかけられ、私は顔を上げた。

いつの間にかすぐかたわらには、仲のいい先輩の女性同僚が立っている。

「……いえ、記憶にありません」

納通とは『納入通知書』の略で、要するに、市から各国保加入世帯に送る保険料のお知らせのことだ。彼女に示された大判の用紙には、一年分の——ちなみに通例として年間の賦課額を十等分で支払うので、実質十カ月分の——保険料やその内訳が書かれている。しげしげと確認したが、保険証番号にも、被保険者名にも見覚えはない。

「ユナコさん？　……この納通に何かありました？」

私は首を傾《かし》げて同僚を見上げた。

地毛色そのままの黒髪を邪魔にならないようバッサリとショートに切り、化粧っけのない顔を少しだけしかめた彼女は安田柚奈子《やすだゆなこ》といい、高卒枠で採用されてから三十三歳の今までX市役所に勤めてきたベテラン職員だ。特に、この国保課に来てからは、妊娠出産を経ているため長く、もう八年ほど在籍しているのではなかっただろうか。チャキチャキとよく動き、仕事ぶりは正確で堅実。彼女は、我が課の事務分担でも特に難しい『高額療養費』を一手に担《にな》うエースだ。

そんな彼女が、いつものぷっくりした優しげな口元を少しへの字気味に曲げている。その時点でもう、いやな予感しかしない。

「ええと。もしかして、ありましたか、って段階じゃなくて……何かあったんですね？」

念のため端末を叩いてデータを呼び出し、納通の最新発行日付が一昨日《おととい》であることを確認しつつ恐る恐る質問を重ねてみると、ユナコさんは額を押さえ、言いにくそうに口を開いた。

「受け取った人が怒鳴り込んできてる」

「え」

「ほとんど所得なんてないのに、年間八十万円の保険料を払うことになってるって。収入が少なすぎて、確定申告もしてなかったくらいなのにどういうことだって。今はお待ちいただいているけど」

その言葉に、私は思わず窓口のほうを振り向いた。

問題のある来庁者様や、冷静に話の通じない来庁者様は、一度窓口の端の席にご移動いただくことになっている。が、案の定、その指定席に、遠目にも顔を真っ赤に染めた初老の男性の姿が見える。

「おい！　どういうことなんだ、早く説明しろ！　年八十万なんて大金、ウチに払えるわけないだろう。逃げてんじゃねえ、いったいどの馬鹿《ばか》がこんなふざけたもん送ってきやがった」

これはまずい、と思う暇もなく彼は叫んだ。すぐそばのブースで話していた職員や客が、同時に身をすくませる。銅鑼《どら》でも打ち鳴らすような大声だった。うちの入力ラインの係長が席を蹴立《けた》てるようにそちらに走っていくのを冷や汗まじりに横目で見送りながら、私はとにかく状況を整理しようとする。

世帯に振られた被保険者番号のページを見てみると、国保加入日は一昨々日《さきおととい》。私は慌《あわ》てて倉庫に走り、データの元になる加入申請書を探した。日付ごとの束をめくっていくと、確かに該当《がいとう》する世帯がある。

「これ、宮村さんの日付印が処理欄に押してあるわ……」

「チェックは私ですね……。でも、昨日の時点では、特に変なことはなかったはずで」

隣から紙束を覗《のぞ》き込んでくるユナコさんの声に、いやな予感を覚えつつ、私は付帯の書類を見る。所得が低すぎて申告をしなかった人たちのために、口頭での収入聞き取りを行った場合は、必ず付帯書類としてコピーを綴《と》じ込んであるはずなのに。

「まさか」

私はユナコさんと顔を見合わせ、〝宮村さん〟の席に走った。

そこには、雑然と、かつしこたま積み上がった書類の山があり。提出締め切りが過去の日付になった公的文書が決裁板に挟みっぱなしになっていたり、申請日が二週間も前の書類が出てきたりしたが、必ず後でチェックしようと心に決めて、今はとにかく目当てのものだけを探す。

「あ、……あった……」

やがて、くっちゃくちゃにつぶれてシワがより、なんなら醤油《しょうゆ》だかコーヒーだかで謎の黒いシミができた所得の聞き取り書が出てきて、私はこめかみを冷たい汗が伝うのを感じていた。……入力した書類は必ずチェックに回せと言っているのに、あのおっさん。また取り込んでいた。

　入力欄は宮村となっており、データを呼び出してみると。

「何これ。収入が九十万しかない世帯なのに、年間九千万も稼いでることになってるじゃない！　当然、七割減額も入ってないし、それどころか余裕で最高限度額の保険料になってる」

「しかも、チェックなしに確定させて、納入通知書を勝手に発行してますね。それは……怒鳴り込んでくるはずです」

　ユナコさんが呆《あき》れ声を出すので、私は頷いた。

　またあいつか。正直、こうした事態なら、慣れたくもないのにもう慣れつつある。

「どうする、志帆ちゃん。チェックリーダーは志帆ちゃんだけど……」

「もちろん私が対応します。……でも、チェックしようがないところで勝手をやったのは宮村さんです。宮村さんはどこ行ったんですか」

「……それが」

「それが？」

「急な腹痛とかで、午後から病欠取ってる」

「またですか!!」

あのおっさん！

今度こそ私は吠《ほ》えた。

「何度目ですか!?　ぽかミス繰り返して、そのたびに私に押しつけて自分は病気だって逃げるの！」

「……数えてないけど両手両足では足りないわね」

ユナコさんが額を押さえる。

そうこうするうち、窓口のほうから聞こえてくる来庁者さんの喚《わめ》き声は、どんどん大きくなっていった。

「あんたがやったんじゃないってんなら、そのデータとやらを入れた職員を出せよ!!　あ？　ふざけんな。こんなもん、ろくに考えもしねえで送りつけてきやがって。お前ら誰の税金で飯が食えていると思ってんだ。なあ？」

「落ち着いてください」

「黙れ税金ドロボー!!　このハゲ！」

窓口の受付デスクをバンバン叩く音と、辻田《つじた》係長の困惑の声が聞こえてくる。ハゲ、の罵倒《ばとう》にため息が出た。確かに我らが係長は、御髪《おぐし》が控えめではあるけれど。……それはさておき、今すぐにでも出ないわけにはいかないだろう。

「……私、行ってきますね」

処刑場に引っ立てられる罪人の気分で、私は窓口へと向かった。今日は窓口当番ではなかったから、溜まっていた仕事を片付けるチャンスだったのに。それ以前に、あんなに怒っている来庁者さんの相手は、気が重いなんてもんじゃない。

——そもそも、仕事が溜まっているのだって、〝宮村さん〟のせいなのだけど。とは、心の中だけで小声でつけ足す。

*

我が課きっての問題児、宮村常市という男性職員は、私の同僚だ。配属は私より二年ほど先なので、一応、職場内では先輩にあたる。……その点については誠に不本意ながら、とつけ足してもおく。ちなみに独身だそう。

もともとはゴミ収集などを請け負う環境局の現業職だったらしいが、昨今のややこしい世情を受けて、本人の意向を問わず無理やりホワイトカラーに転向させられたとか、どうとか。ついでにそれで、いくばくか給与もさがったとか、なんとか。どうしてそんなことを私が知っているかといえば、訊《き》いてもいないのに勝手に身の上をしゃべり散らしていくからだ。

ガリガリの骨ばった体躯《たいく》を猫背ぎみに曲げており、目の下には濃いクマ、白髪まじりでフケの浮いたぼさぼさ頭。春夏秋冬いつでも、薄汚れた役所指定の作業着——あのいかにもお役所然とした、ブルーグレーやカーキのジャケットをイメージしてほしい——を着用している。

——ふーん。H大かあ。おベンキョーができるってことは、さぞかし親が金持ちなんだろうな。あんた、挫折に弱そうなカオしてんもんな。

彼については、何よりまず初対面時に言い放たれた第一声からしてこれである。私の言いかけの「よろしくお願いします」は喉《のど》を逆流し、「はぁ?」に変わった。が、相手もそれをまったく気にした気配はなかった。

けれど、そんなものは彼に受ける被害のほんの一部にも満たなかった。

宮村は、一言でいえば——とにかく仕事をしない。本当にしない。まったくしない。毎日、居眠りをしながら、頭髪に浮いたフケを書類に落とし、指先で集めて遊ぶのに忙しいらしい。

なんでも、新入社員の頃はそれなりにやる気もあったが、本人いわく「政治思想が役所の意向と合わなかったから、陰謀で嵌《は》められて出世の道を断たれ」、まったく仕事をしなくなった……のだそうな。

それからというもの、「お役所は、とりあえずは仕事をせずとも辞めなくていいので、部署など問わずしがみついてきた」という、ダメダメおっさん公務員の絵に描いたような典型例なのだ。それでいて公務員一般の特徴として、とりあえず在籍しておけば給与は累《るい》進《しん》で高くなるので、もらうものは当然、私より段違いに高い。

そもそも席に着いていればまだいいほうで、「自分は身体《からだ》が病弱だ」としばしば病気欠勤を取り、年休や時間休なども併《あわ》せて取るので、一週間の半分は職場に来ない――というのは、ほんの序の口。「自分は病気のせいで仕事を多くできない」と上司に直談判し、おまけにしょっちゅうひどいミスをするので、通常の職員の半分にも満たない量に事務分担を減らしてもらっている。

あと嫌なのが、仕事で何かやらかした翌日は必ず休みを取る。そして班が同じせいで、彼のミスの尻ぬぐいは、だいたい若手の私に押しつけられた。

あまりに与えられた仕事が少なく暇すぎて、人のいい他の職員に雑談を吹っかけては手を止めさせたりしているくせに、そのほんのわずかな仕事で、毎日のように致命的なミスをこしらえてくるのだから始末に負えない。いっそ天才なんじゃないかと思うほどだ。

でも。

それが単なる凡ミスとも言いがたいことは、私は偶然、一年目に知ってしまっていた。

――こんだけヤバいミスばっかり、それも数をやっときゃ。ま、上も、おれに何かさせようなんざ思わなくなるだろ。

聞こうと思って聞いてしまったわけではない。偶然に、隣で話し込んでいる宮村の声が聞こえてしまっただけだった。けれど、その言葉で悟ってしまった。

彼は、仕事ができないのではない。

わざとできないふりをしているのだ。ミスは意図的に作られている。あまりにトラブルが多すぎて嫌気がさした上司が、彼に何も仕事を任せなくなるように。よくよく観察してみれば、彼はなんと一度入力したデータを消して打ち込み直し、時間をつぶしてさえいるとわかった。

しかも、そのミスがまた絶妙なのだ。本当にミスでしかない、わざとではない、と思わせるところを、絶妙に突いてくる。その加減が素晴らしく巧《うま》かった。

とはいえ、そんなことを聞いてしまって、当然黙っているわけにはいかない。そんなあこぎな仕事の仕方を許しているとわかっては、血税を納めてくれている市民に申し訳が立たないし、下手をすれば立派に新聞沙汰《ざた》ではないのか？

とっさに私は、彼と話し終わった先輩職員に、「さっきの話、どうして課長に報告しないのですか」と思わず咬《か》みついてしまった。「あなたが報告を上げないなら私がします」、そうまで告げて奮い立つと、相手には苦々しい顔で首を振られてしまった。

『だめなんだよ』

『え？』

『宮村さんね、昔から、心労かなんかが原因の……神経性の胃腸炎？　とかで。休養が必要って診断書が出てるの。で、今もその時の影響で、身体の不調が抜けないんだって、無理な仕事量を任されて負担がかかったせい、これ以上はもうパワハラだって。どこの部署でも配属早々に、上司に脅しをかけて回ってるんだよ』

実際に病弱ではあったらしい。だから、彼はそれを悪用した、と。

聞けば、この国保課に流れ着いてくる前から、宮村はずっと〝そう〟なのだそうだ。もちろんどこでも等しく使い物にならなかったが、何度か、「かといって許すべきではないだろう」と、試行錯誤しつつ彼にも平等に業務を割り振ろうとした上司はいた。でも、できなかったらしい。それほど抜群に口が立ち、悪知恵も回る。人事も実情を把握《はあく》したうえで、手の打ちようがないからグルグルと様々な部署をたらい回しにしながら、どこか一カ所に負担をかけるのを避けてきたのだとか。その結果、異動のたびに『札付き』という触れ込みができ、余計に誰にも彼の業務量に文句が言えなくなってしまった――という話をしてくれたその人は、もう今年度のはじめに異動してしまったけれど。

私がここに来て一年目は、単なる口の悪い役立たずなおっさんでしかなかったが、二年目になって入力班のチームリーダーを任されると、途端に彼の存在は重みを増した。だんだん負担が増すなんて、子泣きジジイというのは伝説の妖怪じゃなかったんだな……と最近は感じている。

おまけに宮村のミスをフォローしながらの仕事であるにもかかわらず、私の担当業務はめっぽう多い。一人まったく役に立たない人間を飼っているのだから当たり前と言えばそうだろうが、それにしたって傾斜がひどかった。

なお、その事務分担を割り振った張本人である、私の直属の係長は、名前を辻田義正《よしまさ》という。武芸でもたしなんでいそうないかついお顔立ちに、マッチョめな体型の持ち主で、いささか毛髪量が心もとない頭部が、チョンマゲ——ただし髻《もとどり》はないし、それ以前に剃髪《ていはつ》ではなく天然地肌である——に見えることから、「令和のラストサムライ」と陰《かげ》で囁《ささや》かれている。

サムライというと、捉えようによっては褒め言葉にも聞こえそうだが、これは彼が「若い頃の苦労は買ってでもすべき」という、絶滅の危機にひんして久しい昭和の価値観を後生大事にかかえたまま生きてきたお人であることを揶揄《やゆ》するキャッチフレーズでもあった。

彼の何が厄介かといえば、その時代錯誤な美学を、当然のように仕事にも用いてくることだ。私ももちろん、その被害を受けた。

普通は三人がかりでこなすべき業務を「若いし優秀なんだからこれぐらいやらなきゃ」と赴任初年から割り振られ、さすがにおかしい、と周りも巻き込んで直談判したのが昨年度のはじめ。そして、私がどうにか職場に慣れてくると、ここぞとばかりに仕事量をまた増やしてきた。膝《ひざ》に載せる石を徐々に追加していく江戸時代の拷問《ごうもん》を想起させる所業に、「そんなところまでサムライじゃなくていいんだよ」と悪態をつきたい気持ちをこらえ、――少し前、とうとう私は係長に再び抗議した。

いい加減にしてほしい。仕事を適切に割り振っていると思っているのか。その際に私は、宮村の事務分担が少なすぎることを加えて主張した。

『……宮村さんは身体が弱いからね。仕方ないんだ』

係長の返答はある意味予想どおりで、そしてあまりに予想どおりすぎて、こちらは落胆を隠せなかった。ため息を吐く私に、彼は続けた。

『残業代は出すから』

もとから残業を前提にした仕事量を割り振るのは絶対におかしい、と何度言っても馬耳《ばじ》東風《とうふう》である。辻田係長ではダメだ。そういえば前に彼は、「負担が多すぎて心を病みそうだ」と皮肉を言ってやったら、本庁厚生課が開催している『こころの相談室』のチラシをそっと机に置いていってくれたこともあったっけ。感性が違いすぎて、まともにかけあっても通じそうにない。怒りの冷めやらぬまま、私は次に、国保課を統括する坂東重治《ばんどうしげはる》課長のところに同じ話を持っていった。

『まあまあまあ、帰山さん』

ひととおり聞いた課長はまずそう言った。白髪の多い坂東課長は五十八歳。宮村のことや業務量の不均衡のことなどを重ねて必死に訴える私に、彼は「まあまあまあ……」とのみ繰り返した。

『面倒事は困るんだよ。いいかい、みんな頑張って仕事をしているんだし、宮村さんにこれ以上仕事を任せても……ねえ？　ホラ、彼は身体が弱いから』

『いくら病弱っていったって、ずっと雑談ばっかりしていたり、一度やった仕事を全部消して打ち込み直したり、アルバイトさんにお願いするようなコピー業務を全部自分でやって、おまけに両面コピーの代わりに片面コピーした書類を糊《のり》で一枚一枚貼りつけて時間つぶししている人間の、どこに余裕がないっていうんですか⁉』

『まあまあ。それは辻田係長の判断だから、僕は現場を信じて任せようと思っててねえ。他の人に割り振ってあげたいけど、忙しいでしょ』

現場を信じて？　それは、現場を見ずに、の間違いだ。

ブチリとこめかみの血管が鳴りかけるが、よく考えなくとも課長は間もなく定年退職を迎える。そのためもおおいにあって、ことなかれ主義の彼は、できるだけ何事もなく穏便に六十歳を迎えることにのみ腐心しているのだ。それは、普段の業務への姿勢を見ていてもよくわかる。

適当なところまで出世して、あとは逃げきればおしまい。できればもっと上の人間にはとりいっておいて、福利厚生のために六十五歳まで延長嘱託《しょくたく》勤務をする際に、できるだけ鄙《ひな》びて仕事の少ない部署に行かせてもらえるよう根回ししておけばいい。

坂東課長にとって、もう仕事も部下も、そういう存在なのであろう。

――宮村については、諦《あきら》めるしかない。

私が何か言うまでもなく、彼が配属された瞬間から、上司たちにとってそれは決まっていたことなのだ。だから彼らはやりすごす。宮村という小規模な爆弾が、せめて自分の手元にいる時に炸裂《さくれつ》しないことを祈りながら、課にいる他の職員に涙を呑《の》ませどうにか負担を押しつけながら、息をひそめて次に回せる時を待つ。公務員は二、三年経てば異動ができる場合が多い。いわば、市役所という巨大な輪の中で、宮村というトラブルの卵を回す爆弾ゲームなのだ、これは。

わかってしまえば、仕方がなかった。かなしいほどに、彼は、いや彼らは〝お役所仕事の公務員〟だった。そうして結局私は、係長と課長、どちらにも突き放された挙句、なんの成果もなく不均衡を受け入れるしかなくなったのである。

＊

結局、所得が九十万しかないのに九千万の前提で国保料を支払うことになっていた来庁者さんには、話の過程で見せざるを得なかった書類が醤油染めになっていた件も含めて、二時間みっちり説教を受けてお帰りいただけた。

その間、……辻田係長は責任感の強い人なので同席してくれたけれど、見た目の屈強な彼がいなければ殴られていたかもしれない、と感じる瞬間が数度あった。宮村の手落ちの内容を説明している途中、来庁者さんが頬《ほお》の筋肉を引きつらせながら立ち上がり、リュックサックを床に落として骨が浮き出るほどに拳《こぶし》を握ったタイミングなどがそうだ。係長が宥《なだ》めてくれなかったら、危なかっただろう。

なお、こういう「まずい」来庁者さんと出くわした時は、その場にいる男性の職員はみんな応援に駆けつけて周囲から威圧をかける『人間の壁』役をやることになっている。壁の役割を終え、嘆息しながらばらばらとはけていく他の同僚たちに礼を言って頭を下げていると、彼らとはさかしまに、こちらに走り寄ってくれる人が一人。

「志帆ちゃん、お疲れ……！」

「ユナコさん、ありがとうございます」

「よく頑張ったね。初めてじゃないけど、このレベルのはなかなかないもんね。鼓膜は大丈夫だった？　声、こっちまですごく響いてたから」

「はい、……耳がぐわんぐわんします」

ほっと肩の力を抜いたところで、遮《さえぎ》るように声がかぶせられる。

「やぁもぉホンット今回のは特大でしたよねー！　帰山サン、マジで超オツっすわ」

顔を向けると、発言の主は同じ課の後輩である長居《ながい》くんだった。

「……あ、ありがと、長居くん」

自然と引き気味になってしまうのは、この長居隼人《はやと》という同僚が、少々苦手だからだ。

職場内では私の一年後輩にあたる彼は、いわゆる〝丁稚奉公〟中の大卒採用、ぴっかぴかの新人バッジ付き二十二歳。入力班の私とは違い、収納班と呼ばれる未納国保料のとりたてなどを行うチームに属している。明るめの茶髪で、いかにもチャラい感じの〝雰囲気イケメン〟だ。女の子が大好きで、人あたりはいい。

しかし彼は彼で、収納班のチームリーダーが頭を悩ませている問題児であった。長居くんは、配属当初こそ真面目だったが、だんだん宮村の仕事を若手が肩代わりしなければいけない慣習が嫌になってきたらしく、腹が痛いと個室トイレに駆け込んだきり籠《こも》って出てこなかったり——たぶんだけれど、スマホをいじっているようだ——、業務中に電話で同期の女子と雑談していたり、何かと怠《なま》けがちな面が目立っていた。あと外線電話絶対にとらないマンでもある。

五十代にさしかかった宮村と違い、彼は新卒でこれだ。先が思いやられるどころの話ではない。ことなかれ主義の坂東課長もさすがに見逃せなかったらしく、「このままだと、きみの昇進に響くよ」と注意された後は、そこそこ真面目になりつつ「あいつのせいでオレまで叱られた」と宮村を内心ひどく憎んでいる……と聞いている。ただし本当に人あたりはいいので、宮村に話しかけられてしまったことすらサボりの言い訳にするのが、彼の最近の定番スタイルになっていた。

「……いやあ、ヤんなっちゃいますよね。オレ、もー来世で公務員なんて絶対やらねーわ。ってかできることなら今すぐにでも辞めてーわ！　ああ、民間落ちてなかったらそもそも入らなかったのにな！」

結局、私の受難を出汁《だし》に鬱憤《うっぷん》を晴らしたかっただけらしい。とめどなく吐かれる彼の愚《ぐ》痴《ち》を適当に聞き流していると、不意に「あの、大丈夫ですか……？」と、別のほうから声をかけられる。

「災難でしたね、帰山さん」

「！　石井《いしい》さん、すみません壁役に出ていただいて」

同僚である石井匠《たくみ》さんは、全体的に丸っこい、ほのぼのしたおじさんだ。頭髪は豊富で、いつもアイロンがけしたシャツに糊のきいた背広をきちんと着こなしている。マナーで噴いているというオーデコロンのおかげで、なんだかフローラルないい香りもする。市役所への勤続年数はかなりになる大先輩だけれど、今年から国保課に入ってきたので、職場内では後輩だった。年齢は五十一歳と聞いているけれど、役職付きではない。

私と同じ入力班のメンバーで、――要するに、宮村とユナコさんと彼とが、私のチームの面子《めんつ》である――けれど、パソコン関連がものすごく苦手で。パソコンを「ぱちぱち」と呼び、キーボード入力はローマ字ではなくひらがな入力にし、立てた人差し指二本を交互に使って文字通り「ぱちぱち」と打つ。

そして彼は、本当にとてもとても一生懸命なのに、情報入力端末の扱い方がいつまでも覚えられない。ただでさえ宮村の尻ぬぐいで私が大変なのに、自分にも手間をとらせてしまっていることをしきりに恐縮し、よく「貸しは菓子で返します」などと親父ギャグを飛ばしては、高いお菓子やハンドクリームなどをくれたりする。それを言うなら「貸し」ではなく「借り」では……とか、物をいただくこと自体はさておき、こうして気にかけてくれる人が同じチームにいることは、私にとって救いだった。かくいう彼自身も、宮村のせいで業務が激増している被害者のはずなのだが、それを愚痴っているところは見たことがない。

しばらく「今回は大変だった」という話をその場にいた面々で語り合っていると、不意に「あ、もう四時半近いじゃない。いけない」とユナコさんが時計を見た。

「え、もうそんな時間です？　お嬢さんのお迎え大丈夫ですか？」

「走れば平気。ごめんね志帆ちゃん、今日は入力の量大変なのに全然手伝えなくて」

「いいんですよ、ユナコさんただでさえ分担に高額療養費持っててヤバいのに。早く行ってあげてください」

「ごめんね！　じゃあお先に！」

簡単な会話を済ませ、彼女は風のようにロッカールームへと去っていった。ちなみに、時間短縮勤務の予定である四時半には、まだもう五分ほど余裕がある。

……まあ、仕方がない。

ユナコさんには五歳の娘がいて、旦那《だんな》さんが毎日基本午前様の企業戦士なので、朝夕それぞれで時間短縮勤務をしている。そして私は彼女には、業務上でも愚痴の言い合いでも、本当によくお世話になっている。

彼女のことは好きだが、たとえば保育園のお迎えのために繁忙期でも退勤時間が早かったり、子供の病気などでよく仕事を休んだり、高額療養費の担当になってから長いはずなのに割り振られる業務量が未だ増えずにいることは、若干《じゃっかん》……思うところがなくもない。

まあ、仕方ないよね。私だっていつかは結婚して出産したら、同じ迷惑を周りにかけるんだし……。そう、理性で思いつつ、なところだ。

「じゃ、オレも自分の仕事仕事ぉ」

私の業務量が多い、というところで、長居くんはいそいそと自分のデスクに戻っていった。おそらく、飛び火するのを避けるためだろう。

「あの……帰山さん。宮村さん案件で二時間吹っ飛んだぶん、入力手伝いますよ！」

逆に、石井さんが焦りながら提案してくれたが、私はゆるく首を振った。

「いいです、いいです！　石井さん、国保連合会に給付費返還金のレセプト返戻《へんれい》するの、今日が締め切りでしたよね」

彼も、ただでさえ苦手な自分の仕事で汲汲《きゅうきゅう》としているのだ。これ以上負担は増やせない。おまけに、彼こそ人が好《い》いのにつけこまれて、日ごろからよく宮村に業務を押しつけられている。私としても、宮村被害者をこれ以上出したくない。

「私なら大丈夫ですよ。ほら急がなきゃ。業務用端末、事前申請しとかないと時間外には使えなくなっちゃうんですから」

「でも……最近はタイピング、練習して速くなってきたので……」

「もともと今日は残業する予定でしたし、気にしなくていいですって！」

私の言葉に、石井さんは申し訳なさそうに自分のデスクへと戻っていった。

さて、と私もため息をつく。

この調子だと、夜九時まで残業予定だったのが、零時《れい》に伸びそうだなあ、という覚悟のもとに……。

毎日の残業に次ぐ残業、他人の業務の肩代わり、そもそも若手だからというだけで課せられる異常なほどの業務量。当然のように押しつけられるあれやこれも、もうそろそろ限界だ。

そして何より——私たちは公務員なのに、というやるせない気持ちも常にある。

『お前ら誰の税金で飯が食えていると思って……』

怒鳴り込んできた来庁者さんの台詞が耳に残っている。もっとも、あの来庁者さんは非課税なのだけれども。市民の皆様からお預かりした税金で私たちが雇われている事実は、X市に勤め始めてからずっと胸に留めてある。

もちろん、ふまじめに納税や公費納入から逃れようとする人は、なかなかに多い。でも、税金や公共料金をきちんと支払えないことをとてもプレッシャーに感じている方だって、何度も相談に乗ってきた。苦しい生活費を削っても公《おおやけ》のお金だけは払うと決めている方もいた。彼らの心中を思うと、口の中が苦くなる。

まったく仕事をしないどころか、他の職員のお荷物にしかならないような男を、彼らの血税で養っている。ただ、……本当は大変なことなのに、それだけでは制度上、懲戒免職の事由には到底足りないのが、ひどく歯がゆい。このまちが好きだから、特に。

正直、追いつめられているかと尋《たず》ねられれば、「かなり」と答えざるを得ない。何もかも腹が立ってしょうがないけれど、そもそもこの不均衡の中心には、やはり宮村の影がちらつく。

病気が重いなら。サボりの理由に使えるくらい、身体がつらいのであれば。こういう時、私の心には、ふと暗い影がさす。

——病気が重いなら。そのまま、誰にも迷惑をかけないように、どこかに逝《い》ってしまってよ……と。

うなことまで見過ごさなくてはいけないのが我慢できません。明らかにそいつが職場の癌になっていて、こんな横暴を許しては人としても間違っていると分かるのに、歯を食いしばって耐えなければいけないものでしょうか

書き込みID：7gl＊＊＊81x
きついならもうちょい愚痴ってけよ。多少は気が晴れるといいけど。んで、やばいオサーンうちにもいるわ。若手は消耗品だと思われてる。もしや投稿主、公務員？

書き込みID：7gl＊＊＊81x
って訊いたらだめかw　すまんかった。お互い生きよう……

書き込みID：5y7＊＊＊&pk
そういう社会のゴミって殺して埋めたくなるよなwww

【悩み相談】いっさい仕事をしようとしない同僚のせいで、毎日つらいです

日付20＊＊＊＊＊＊　投稿主書き込みID：Rdx＊＊＊isy

新しく入った職場ですが、同僚のオッサンのせいで病んできました。

なにせ仕事を壊滅的にしようとしないんです。本当は仕事ができるくせに、病気を理由に絶対仕事しない姿勢を貫くつもりみたいで。

他の人とは不平等で事務分担が明らかにおかしいのに、いろいろあって、上司の誰も彼に手が出せません。今日も、彼のせいで残業です。もう顔を見るだけで殺意がわいてくるぐらい。

なにかいいストレス発散法ありますか？

書き込みID：Tj1＊＊＊y70

それは大変だ……

書き込みID：7gl＊＊＊81x

ストレス発散か……。自分ならカラオケとかうまいもん食うとかだけどさ。そういうのじゃ投稿主の悩みの根本解決にならなさそうだよな

投稿主書き込みID：Rdx＊＊＊isy

正直、単純に仕事が増えるだけならまだしも、お客様にもひどい迷惑がかかったり、道義的にとても許せないよ

その日。

定時上がりとはいかないまでも、久しぶりに夜の七時台で上がった私には、とある予定があった。

薄暮の中、葉の赤く色づいた桜並木を足早に通り抜けて、駅を目指す足取りも自然と軽くなる。指定されたカフェの入り口に着いた頃には、とっぷりと夜の闇《やみ》も濃くなっていたが、心は明るい。ドアを押して中に入り、座席の並んだ店内をぐるりと見渡す。一番奥の、少し陰になったテーブル席のソファで、どこか肩身が狭そうにカップを傾けているその人を見つけると、私は小走りに駆け寄る。

「冴《さえ》ちゃん！　久しぶりだね」

声をかけると、彼女はぱっと顔を上げた。ワンレングスに切りそろえた黒髪がさらりと揺れ、「志帆！」と唇が少しだけほころぶ。

樋口《ひぐち》冴ちゃんは、私の高校時代からの親友。きまじめで実直、嘘《うそ》のつけない性分の冴ちゃんは、ずばずばと思ったことを歯に衣着せず言うのが魅力的で、何より私とはとても気が合う。それこそ、接着剤でぴったりとくっつけたように、私たちはいつも一緒だった。

光栄なことに同じくきまじめという評価を周りにもらうことが多い私と彼女は、仲良しグループの子たちからも「まじめ組」だの「ビン底メガネコンビ」だの「馬の頭部と胴体」だのとからかわれていたものである。今思うと、最後の一つなんなのだろうか。

　昔は私と同じく、ぶあつい眼鏡をかけて、制服のスカートも標準のままで律義にはいていた冴ちゃんだけれど。今目の前にいる、キャメルブラウンのアンサンブルに若草色のスカートをはいた彼女は、なんだかとても垢《あか》ぬけている。私と目が合うと、唇に淡く刷いたサーモンピンクのリップがきゅっと笑みを形作った。

　それもそのはず、結婚相談所に就職してから、「お客様に信頼していただく身だしなみ」のために、お仕事に合わせる服装や化粧などを、一生懸命に勉強したらしい。その話を聞いた時、私はとてもこの友人が誇らしく、眩《まぶ》しかった。

　お互い忙しかったせいもあって、ここ半年ほど顔を合わせていなかったが、「久しぶりに会って、相談したいことがあるんだけど……」と先日SNSで切り出され、否《いな》やもなくここにやってきたというわけだ。

「大丈夫？　志帆。仕事忙しくなかった？」

「全然！　だって冴ちゃんに会うから、今日は絶対早上がりにしようと思ってたの！　おかげでばっちり早めでタイムカード切れて助かっちゃった。もー聞いてよ、最近ずっと残業残業で嫌になる！　毎日二十三時上がりがデフォルト、下手すると午前様だよ」

「うええ……志帆んトコ、お役所なのにほんとブラックだなあ」

「お役所とは名ばかりよ、公務員がホワイトなんて都市伝説だし」

「もー、志帆も身体には気をつけないとだよ？」

「あは、気をつけないととは思ってるんだけどね」

しばらくたわいもない話で盛り上がった後、冴ちゃんはふとこんなことを切り出した。

「いきなり変なこと訊くんだけど……志帆ってさ、前会った時には、ネットで掲示板とかよく見てたよね？　ＳＮＳのまとめサイトとか、ほにゃららチャンネルとか、ナントカ質問板、……みたいな感じの」

藪《やぶ》から棒の質問だが、間違いではない。私は目をしばたたいた。

「わ、冴ちゃんってば、よく覚えてるなあ」

確かに、インターネットの掲示板や質問板めぐりは、高校時代から私の趣味だった。

むしろ……就職してからこちら、より頻度《ひんど》が増したといっていい。通勤電車の中や入浴中など、隙間《すきま》時間を過ごすのにもってこいなのだ。思わず頬を掻《か》く私に、冴ちゃんはさらに尋ねてきた。

「そういうところ、今でもまだ見に行ったりする？」

「うーん、直さなきゃいけないダメな癖だとは思ってるんだけどね。世の中の、不条理だって自分が感じてるいろんなことに、他の人も同じように腹を立ててるのを見たら、なんか、……安心しちゃって」

「志帆は、昔っから正義感強くてまじめだったからなあ……」

私が頷くと、冴ちゃんはちょっと安心したように目許《もと》を和らげた。

「自分だってききまじめのくせに」と私は笑い返した。

とはいえ、私と冴ちゃんの性格はよく似ているようで、実は根本的に違うところがある。それは私のほうが、彼女に比べて、物事に対する見解が他罰的だ——という点だ。悪いことがあったり、嫌な思いをした時、冴ちゃんはたいてい、「自分に何か要因があったのではないか」と分析しようとしていた。けれど私は逆に、まず周りに矛先《ほこさき》を向けようとするきらいがある。おまけにこの性質は、年々強まっている自覚もあった。

これはひょっとしたら私が、私立の進学校から公立の難関大に進学し、公務員試験もパスし、……と、堅実に積み上げてきたものがそのまま報われるような、「ちゃんとやった人が、やったぶんだけ正当な評価を得る」環境で育ってきたせいかもしれない。ズルをしておいしいところどりをしている人間がのさばる瞬間を見つけると特に、とにかくむかむかと苛立《いらだ》って許せないのだった。このあたりは正直どうにかしたいところで、嫌な言い方をすると、『正義感が強いように見えて独善的で、頭でっかちなぶん融通がきかない』といっても過言ではない。

そして私には、そんな他罰的な性格が出過ぎているというか、我ながらさすがにちょっと性根が歪んでいるかもしれないなあ……と感じる悪癖がある。学生時代から、検索エンジンなどが運営する質問用掲示板や短文SNSなどで、そうした不道徳を行う人間がネット上で叩かれているのを眺めては、ストレス発散をしてしまうのだ。

恋愛カテゴリの不倫相談掲示板とか、芸能関連ゴシップニュースのコメント欄など、ついつい追いかける傾向がある。読み始めればそのまま没頭し、数時間が経過していることも少なくない。もうブックマークどころか、スマホの『よく行くページ』履歴として、タトゥーのごとくくっきりと残っている己の足跡を見ては、つくづく不健全だな、と実感する。なんなら、少し恐怖すら覚える。

スマホは、自分を映す鏡のようなもの。人の悪行を覗き込んで、それが思うさま罵《のの》られ、痛めつけられ、叩かれ炎上しているのを観察して安心するのは、客観的にはハッキリ言って「どうかと思う」の一言に尽きる。でも、なかなか沼を抜け出せない。いつまでこんなところ、見に行くつもりなんだろう、……と、わかっているのに。

少し冷めかけたカフェラテに口をつけ、ミルクの甘みよりもコーヒーの苦みの際立つそれに眉をひそめた瞬間、「そういうのってさ……」と冴ちゃんは視線を落とした。

「ネットの掲示板って……何か一つでも変なことを尋ねたら、やっぱりすぐ噂《うわさ》になっちゃったりするのかな。身元を特定されたり、とか……」

「え？」

「ごめんね、志帆に相談していいのか、もうめちゃくちゃ迷ってたんだけど、……独りで抱え込むにしたって、もう私、どうしたらいいかわかんなくて」

ぽそぽそと蚊《か》の鳴くような声音《こわね》で告げる冴ちゃんの目から、じわりと雫《しずく》が盛り上がる。

私は慌てた。

「ど、どうしたの冴ちゃんってば⁉」

「志帆、どうしよう。私のせいで人が死んでしまうかもしれない、いやもう死んでいるかも……」

「……ええっ⁉　死、……って⁉」

とうとう堪《こら》えきれなくなり、ぼろぼろと涙をこぼしながら冴ちゃんが教えてくれた内容はこうだった。

「縁切り神社……？」

「うん。割と有名な……めちゃくちゃ効くっていう話で。……志帆は知らない？」

「ご、ごめん。全然」

「じゃあ、名前は言わないほうがいいかな」

彼女によると——結婚相談所で担当していたとある男性客が、ひょんなことからストーカー化してしまい、ずっと執拗《しつよう》なつきまといを受けていたのだという。親友が直面していたあまりに重たい事態に、私はまずそこで言葉を失った。

「冴ちゃん、そんなことがあったの⁉　ごめんね、私……全然気づいてあげられなくて」

「いやいや謝らないでっていうか、志帆が悪く思うべきポイントはまったくないから！　もとはといえば、私がそのお客さんの反感買うようなことしちゃったのが原因だし……」

果たして、その迷惑ストーカー客による冴ちゃんへの粘着ぶりは、聞くだに度を越していた。彼女のＳＮＳアカウントを勝手に探し当て、プライベートな誘いをしつこくかけてきたり。とりわけ背筋が凍ったのは、家まで後を尾《つ》けられたうえ、盗撮写真を大量にポストに投函《とうかん》されていたという一件だ。一人暮らしのマンションのみならず実家の住所まで突き止められていたというのだから、すさまじくも恐ろしい執念である。

「冴ちゃん、ど、どうなったのそのクソ野郎は！　ちゃんと警察に捕まえてもらったの⁉　なんならこれから一緒に警察行こう⁉」

「……それがね、ついこの間の記事なんだけど」

冴ちゃんは視線を落としたまま、とあるネットニュースを表示したスマホを、テーブルの上を滑らせるようにこちらに突き出してきた。

「？　『自宅マンション室内でメッタ刺し、男性一名意識不明の重体』……」

見出しの記事は、私も見たことがあった。どうやらお付き合いしていた女性とひと悶《もん》着《ちゃく》あったらしく、痴情《ちじょう》のもつれによる惨劇《さんげき》だと、私のよく出入りする掲示板界隈《かいわい》でも話題をさらっていた事件だ。

「……実はこれ、刺された男性っていうのが、その迷惑なお客さんなんだ」

「えっ⁉」

私は記事を二度見して、目をしばたたいた。それは驚くけれど、でも。

「容疑者はこの人のカノジョだか婚約者だかでしょ？　まだ捕まってないらしいけど。冴ちゃん全然関係ないじゃない」

「違うの、……何が違うか、どう説明したらいいかわかんないんだけど……」

ためらいがちに冴ちゃんが語ってくれたところによると――ストーカー客につきまとわれ続け、精神的に限界がきた彼女は、同僚の勧めでよく効くと噂の縁切り神社にお参りして「アイツと縁を切って、一生関わり合いにならないようにしてください」と願ったらしい。絵馬に縷々《るる》文言を連ね、賽銭箱《さいせんばこ》に万札をねじ込んで、お守りを全種類コンプリートしてきたとまでいうのだから、よほど追いつめられていたのだろう。

「それだけじゃなくてさ、……そのお客さんも実は、日を置かずに同じ神社で、縁結びのお願いしてたらしいんだ。自分にぴったりの人を見つけてくださいって」

「⁉　まさか、冴ちゃんの絵馬を見られたとか……⁉」

「いやそれは大丈夫だったみたい。直接のトラブルに発展したって意味じゃないから安心してもらっていいんだけど……そこ、なにせクズ男に裏切られて亡くなった女の人を祀《まつ》ってる神社なんだよ。私、心の中で祈願するだけじゃなくて、恨み事満載な絵馬まで書いたし……そのお客さんを呪う私の願いと、そのお客さん自身がした縁結びの願いとが合わさって、変な風に神様に解釈されちゃって、こんな事件になっちゃったんだったりして……とか思うと、不安で、申し訳なくて……」

　グスグス泣きながら自らを責める冴ちゃんに、私はなんと声をかけようか迷った。確かに、その縁切り神社のものだというネット情報をちょっとだけ冴ちゃんに見せてもらったら、ものすごくおどろおどろしい体験談がたくさん表示されている。画像では『あの人を殺してください』系の怨嗟《えんさ》が綴られた絵馬もあった。こんなところにお参りして、縁起でもないことをお願いしたのなら、確かに大きな事件が起こってしまって、真面目な冴ちゃんが思い悩むのもよくわかる。

　でも。

「アハハハ、ばかっ、何言ってんの！　冴ちゃんのせいなわけないでしょ！」

迷った挙句、私はあえて笑い飛ばすことにした。

「……志帆、そうは言うけどさ！　ここ本当、ご利益すごいみたいで……。現に、私にこの神社のことを教えてくれたうちの先輩だって、彼氏さんが……」

「いや、縁切り神社のことを迷信扱いするつもりじゃなくて。それこそ神様の導きだっていうなら、そのクズ野郎にはしかるべき天罰が下っただけなんだよ、ってこと！」

私の言葉に、一瞬冴ちゃんはきょとんとした。

「ほら、よくいうじゃん。天網恢恢《かいかい》疎《そ》にして漏《も》らさず、って。冴ちゃんの苦しい状況と、そのクソ客の手前勝手なお願い事を天秤《てんびん》にかけて、その神様がまっとうに、かつ正当に『こうしよう』って判断くだしただけなんじゃないの。ま、本音を言うと、やっぱり神社のせいなんかじゃなく、単なる偶然だと思うけどね」

「……そ、そうなのかな……？」

「そうじゃなくてもそう思っときなよ。だって、悩んだところで本当のところなんてわかりようがないんだし。……だから、気にしないの！」

「うん」

「冴ちゃんの重荷にならないように、そのお客さんこれから回復するといいね。でも、わざわざ後のことなんて調べちゃダメだよ。早く忘れないと」

「……うん、ありがと」

最後の一言は余計だったかもしれない。ネットニュース巡回が日課の私は、刺されたその人がかなりの量の失血をしており、助かる可能性が極めて低いということを小耳にはさんでいたのだ。

「志帆のおかげで安心した……」

私が来てからは、目の前のヘーゼルナッツラテにほとんど手をつけていなかった冴ちゃんは、そこでやっと安心したように深く息を吐き、カップの中の冷めた飲み物を一気に干した。

重い話題を終えた私たちは、改めて愚痴も交えたお互いの近況報告などでおおいに盛り上がり、閉店時間直前に慌ててカフェを出た。久しぶりに会う友人と思いっきり話せて、解放感がものすごい。

そして。

「すごく効く縁切り神社……」

冴ちゃんと別れた後、思わずぽつりと呟《つぶや》いてしまう。

そういえば、なんだかんだと神社の名前を聞きそびれてしまった。まあ、彼女の気が晴れたのなら、そんなことどうだっていいというか、……何も構わないはずなのだけれど。

縁切り神社。神頼みなんて非現実的で馬鹿らしいと理性ではわかりつつ、どうしてもその単語が頭から離れないのだった。

【取り急ぎ！】とてもよく効く縁切り神社の名前を知りませんか？

日付：20＊＊＊＊＊＊　　　投稿主書き込みID：Rdx＊＊＊isy

場所は分からないのですが関東で、ものすごくご利益があり、縁切りと縁結びが同時にできるそうです。威力が絶大で、怖い願いごとの絵馬もたくさんあると聞きました。どこか分かる方、情報提供をお願いします

書き込みID：5y7＊＊＊&pk

は？知らんわｗ

書き込みID：Tj1＊＊＊y70

神仏に願いごとをするのに、後ろ向きなことはよくない

書き込みID：7gl＊＊＊81x

ちょｗｗ　待ってｗｗｗ　知ってるかも

書き込みID：7gl＊＊＊81x

割かし賑やかなってか観光地の中心部で、裏路地ちょい入ったあたりにあるとこ？有名だよな

書き込みID：7gl＊＊＊81x

恋人との心中に失敗した女の人を祀ってるんじゃなかったっけ。だから女性には特に親身になってくれる神さまとか聞くけど正解？

投稿主書き込みID：Rdx＊＊＊isy

たぶんそこです！

書き込みID：7gl＊＊＊81x

やっぱりな。結構きつめの副作用あるというか、ご利益もすごいけど使い方間違えると酷い目に遭うって話だから気をつけろよ。ほい公式　http：//www.ZZZZZZZ.org

投稿主書き込みID：Rdx＊＊＊isy

ありがとうございます！

書き込みID：Tj1＊＊＊y70

人を呪わば穴二つだ、忘れるな

　さて。うちの窓口の性質上、せっぱつまった顔で訪れる来庁者さんというのは、だいたい三択くらいに絞られる。要するに、経済的に病んだ来庁者さんか、物理的に病んだ来庁者さんか、はたまた心理的に病んだ来庁者さんだ。公職としてどなた様も平等に用件をお伺《うかが》いすることに異存はないが、そうした方々は往々にして、ストレスの捌《は》け口を求めていることも多い。ついでに公務員というのは、どうにも「叩きやすい」職業のようである。今更、だけれど。

　午前中いっぱい窓口担当で、ごそっとメンタルを削られつつ自席に戻った私だが、さっそく聞こえてきた声に眉をひそめてしまった。

「だからぁ、女には気をつけなきゃいけねえっつってんだろぉ。あいつらみんな、男からむしりとることしか考えてねえからよ。馬鹿だなお前」

　……宮村だ。新人の長居くんの手を止めさせて雑談を振っているのだろう。もっとも長居くんは長居くんでサボり癖があるので、ある意味この二人は利害が一致しているように思われる。現に、応じる声は活《い》き活《い》きしていた。

「むしりとるっていうかぁ、その学生ん時の前カノなんですけどね？　ナチュラルにメンタルがね、ヘラっちゃってたんですよぉ。で、もうめちゃくちゃ。スマホはずっとチェックされるし、ＳＮＳでも『女の連絡先は全部目の前で消せ』とか言われるし。メッセージくるのなんて、毎日十分おきですよ？　一つでも無視ったら即、オニ電です。マジな話オレも病みそうで」

「んな女に手ェ出すやつが悪いんだよ」

「だって可愛《かわい》かったんですもん、しょうがないっすよ。決まって顔はレベル高いの、そういう女って。んでぇ、あんまりやばいもんだから友達に相談したら、なんかすげえよく効く縁切り神社？　っていうんすか？　教えてもらえて」

雑談の中身を聞いて、ドキッと心臓が跳ねた。

……縁切り神社。

ごく最近、聞き覚えのある単語だ。

「ハァ？　神社ぁ？　効くかっての、お前ほんと馬鹿だな」

「それがバッチボコに効いたんですって！　もー瞬殺ですよ、秒です秒。お参り直後に、拍子抜けするくらいふっつーに後腐れなく別れられて、彼女もオレもハッピーのウィンウィン、めでたしです」

「ギャハハハ、嘘だろぉ」

下品な大笑いが職場に響く。どことなくフロア中に漂うしらけた空気に、とうの二人だけが気づいていない。私も冷めた眼差しをそちらに投げつつ、内心、たいそう非論理的な考えに頭を占拠されていた。

縁切り神社……。そうか。本当に、効くんだ……。

ううん待って、長居くんの話に出てきたところが、冴ちゃんの話してくれた神社と同じとは限らない。でも、このタイミングでその話題。果たして偶然なものか。動揺で両手の親指を擦《こす》り合わせる私の耳に、宮村の不快な笑い声が届いた。

「そういうとこほんとグズだな。第一、やべえ女だってわかってんなら、変なことになる前にもっとうまくやれよ」

「うまくって宮村サン。またまたぁ。オレいちおー、その子と付き合ってたし？　ちゃんと好きだったんだから、言葉とか態度とかまともに受け取って考えちゃいますよ。大丈夫かなってなるし。しょうがないっしょ」

「しょうがなくねえよ、そんなもん適当言って丸めこみゃいいんだよ。世の中、マジメに正直にやったほうが馬鹿見るんだからよ。あくせく動き回るより、うまい汁が垂れてくんのを口開けて待ってたやつの勝ちなの」

……たとえば、の話だけれど。

宮村はもともと病弱。胃がどうとかっていうのが、ちょっと悪くなってくれるだけでいい。退職してしまうだけでいい。殺したいわけじゃない。彼だって仕事をしたくないけど、給与や退職金や福利厚生のためなんかで、今の身分にしがみついているだけでしょ。

願いはささやかなんだから、別に悪くもないいんじゃないか……だってそもそも、縁切り神社のせいで冴ちゃんのストーカーが刺されたんだとは限らないし。第一、そいつには天罰が下っただけなんだって、私が自分で言ったんだし。いや、そうじゃない。天罰というわけではないなら、神頼みが効いているって展開にもならないわけで……。あれ？　つまり、どういう話をしようとしていたんだっけ……。

次第に支離滅裂になりつつ、心はぐるぐると螺旋《らせん》を描く。

「あのさ、帰山さん。ちょっといい？」

考えるだけ馬鹿馬鹿しいとわかっているのに、結論を出すに出せず悩んでいると、不意に辻田係長から声をかけられた。

「は、はい！」

いつも以上にびくついて肩をすくめる私に訝《いぶか》しげな表情を見せつつ、係長は「これ」と私に何やら書類の束を渡してきた。印字された文字を見ると、葬祭費の申請書類が一式である。かなり分厚い。

でも、……なんで、葬祭費？

「え、これ宮村さんの分担……」

驚いて顔を上げる私から視線を逸らし、辻田係長は口早に告げた。

「申し訳ないが、彼は病弱だし手一杯のようだから、二年目のきみがやって。石井くんには荷が重いからな」

「は!?　待ってください……手一杯って、さっきそこで長居くんと雑談……！」

私はとっさに声の聞こえていたほうを指さしたが、さっきまでフロアのＢＧＭのようだった会話が途絶えていることに気づいた。いつの間にか、溜まり場と化していた端末前には長居くん一人になっており。

課内にいる職員の勤怠やスケジュールを報告し合うホワイトボードを慌てて見やると、宮村の欄には『午後病欠』というマグネットが貼られている。わざわざ『腹痛』と理由をペンで書き添えてもあった。あのクソオヤジ……！

「明日が支給するための一括処理の締め日なんだが、こんな状態だから。……申し訳ないんだけれど、頼む。もちろん残業代は出す」

……その残業代は、公費からの出費であって、係長のポケットマネーじゃないですけどね？　脳内でのみ悪態をつきつつざっと申請書に目を通すと、クリップで留められた付帯書類などもそのままで、つまり一切手をつけた形跡がない。いくら軽めの業務とはいえ、さすがにこれは……。

この職場には鬼か悪魔しかいないのか。内心で罵《ののし》りつつ、業績評価に響くと嫌なので涙を呑んで受け取る。周りは聞いているのに、誰も助けても手伝ってもくれない。宮村と雑談に勤しんでいた長居くんなんてそもそも班が違うから、我関せずとばかりにまったくこちらを見向きもしない。

「あの……帰山さん」

ため息をついて書類束を軽くバラバラめくっていたところで、背後からおっかなびっくりといった風情で声をかけられた。

「石井さん」

「すみません、さっき、辻田係長の話が聞こえてしまって」

石井さんは申し訳なさそうに丸っこい身体を縮こめた。彼が恐縮するところなど一つもないのに。他がみんな知らんぷりする中、見過ごせずにこうしてわざわざ気にかけてくれていると思うとなんだかありがたくて、私は苦笑してかぶりを振る。

「いえいえ、石井さんにご心配かけちゃってすみません」

「そんな！　……私にも何か手伝えること……は、なさそうですかね……」

「あはは」

頭を掻き、ばつの悪そうな顔をする石井さんに肩をすくめて応《こた》える。なにせパソコンが大の苦手の彼は、まず自分の仕事も回っていないから手伝わせられない。けれど他に誰が助けてくれるわけでもない。一番仲のいいユナコさんでさえ、「ごめん、保育園のお迎えが」という伝家の宝刀を抜いたきり振り向いてもくれないのだ。

ただでさえ残業三昧なのに、また私、か……。おまけにこんな興味もない仕事で。

憤懣《ふんまん》やるかたないが、石井さんの目の前で怒りをあらわにすると、恐縮するのは彼だ。私はつとめてなんでもない風を装うと、「それより」と話題を逸らした。

「前庭のケイトウ、すっごくきれいに咲いてましたね！　ビタミンカラーで元気になっちゃいました。また石井さんが花壇のお手伝いされたんですか？」

「ええまあ。業者さん、バレると上から大目玉のはずなのに、こっそり関わらせてくれてありがたい限りです……」

私が褒めると、石井さんは照れたようにポリポリ頬を掻いた。彼は非常にボランティア精神の強い人で、土日は地域の子供たちを集めた山林のクリーン活動をしていたり、庁舎の美化のお手伝いも趣味でしているという。

「いえ、でもすごいですよ。仕事のファイル整理とかも、いつも手伝ってもらったりして、助かってます」

「本当はもっと、帰山さんのお役に立てたらよかったんですけどね。これくらいしかできませんから。……情けないことに。もっと他にすべきことがあるんじゃないかと考えると、心苦しいです」

「いえいえ、石井さんがそんな風に思ってくださるだけで大助かりですよ！　いつもお菓子もありがとうございます。この間のバナナチョコ味のマシュマロ、すごくおいしかったです！」

「貸しは菓子ですから！　や、毎度いかにもおっさんらしいダジャレの駄菓子ですみません。でも代わりにできることがあればなんでもやりますんで、遠慮なく！」

「ありがとうございます」

石井さんはなんだか最後まで申し訳なさそうだった。そんな石井さんを見ながら、先ほど私の役に立てたら、と言ってくれたことを反芻《はんすう》する。私も、市の中枢に関わる仕事にこだわらずに、そんなふうに「ただ誰かの役に立ちたい」だけでがむしゃらに進めたら。きっと、もっと楽しく仕事ができていたのかもしれない。

「……石井さんはすごいですね」

会釈《えしやく》して立ち去ろうとするそのスーツの背に、思わず私は呟いていた。自分でも完全に無意識だったので、しまったと慌てて口を押さえるが、一拍遅い。当然ながら石井さんは、きょとんとした顔でこちらを振り返った。

「すごい？」

「あ、いえ、すみません。独り言だったんですが、……。私と同じで、宮村……さんのせいでむちゃくちゃ仕事が増えているのに。石井さんは自暴自棄になったりしないじゃないですか、それで……」

慌てて釈明したものの、説明半ばで、思わずボソッと低く声を落としてしまった。

「私のほうはもう、全部嫌になって疲れちゃいましたから」

むしろ、この鬱屈《うっくつ》した日常を壊せるのなら、自分でも何をするかわからない。わからないその先が、怖くもあり、惹《ひ》かれもする。破壊衝動というものはまるで、死体から赤い養分を吸い上げて咲く——桜のような、背徳的な魅力があるのだ。

葬祭費の書類処理は、不慣れなこともあって非常に時間がかかった。

結局、自分の業務も含めて零時過ぎまで残業することになった私は、ため息をついて守衛さんに挨拶《あいさつ》をする。石井さんが整備を手伝ったという前庭の花々は、すっかりと夜の闇に色を沈ませてしまい、周囲の草と区別もつかない灰色の影になっていた。昼に話していた、赤やオレンジのケイトウも、もうどこにあるかすらわからない。

コツコツとパンプスの足音を鳴らして帰途を急ぎながら、ふとポケットから取り出したスマホに目を落とす。外灯の光だけではまだ薄暗い夜道に、カンテラのようにぽっと点《とも》る画面のブルーライトが眩しかった。

昼間、石井さんについうっかり愚痴を漏らしてしまったから、とても心配をかけてしまったと思う。反省するしかない。ああいう『どうしようもないこと』は、じかに関係するような身のまわりにいる人に言うのではなく、不特定多数の、誰が聞くとも知れない場所にそっと流したほうが正解なのに。……それこそ、ネットの質問掲示板なんかの。

――世の中、マジメに正直にやったほうが馬鹿見るんだからよ。あくせく動き回るより、うまい汁が垂れてくんのを口開けて待ってたやつの勝ちなの。

帰りながらどうしても頭を離れないのは、昼間に聞いた、宮村のあの言葉だ。彼はそうして誰かに寄生しながら生きてきて、これからも生きていくんだろうか。その寿命が尽きるまで、誰かが彼のぶんまで荷物を持たされるのだろうか。今日の私みたいに。

されるがままになっているのは、正しいことなのか。普段出入りしている掲示板のことを考える。あの場所には本当にいろんな人がいて……彼らも私と同じように、歯を食いしばってやるせない日々に耐えながら、そのうち怒りも忘れていくんだろうか。たとえば、ことなかれ主義の坂東課長みたいに。

長居くんは、縁切り神社が確かに効いたと言っていた。同じ神社とは限らないけれど。

もしも、同じところなら。そして私は、その神社の名前も場所も、もう知っている。なぜなら公式ホームページのアドレスを聞くことができたから。観光地のど真ん中にあるけれど、迷いさえしなければ、この庁舎からでもだいたい二時間ちょっとで着けるだろう。

――〝結構きつめの副作用あるというか、ご利益もすごいけど使い方間違えると酷《ひど》い目に遭《あ》うって話だから気をつけろよ。……〟

――〝人を呪わば穴二つだ、忘れるな〟

「……どうしようかなあ」

ぽつっと私は呟いた。中秋のひんやりした空気は、誰の耳にも届かせないまま、その声をひそやかに溶かしていった。

【相談】職場の人間関係にほとほと疲れ果てています

日付：20＊＊＊＊＊＊　　投稿主書き込みID：Rdx＊＊＊isy

何度もすみません。前もご相談させて頂いたものです。全く仕事をしないオッサン同僚にいろいろな処理を押し付けられ、誰にも助けてもらえません。

上司は、慣例のように「もうあいつは仕事をしないものだ」と捉えて思考停止しています。全部疲れてしまいました。どうしたらいいのかわかりません。

生きて行くのもつらい。あの役立たずをいっそ殺して埋めてしまいたい

書き込みID：Tj1＊＊＊y70

生きて行くのがつらいとか人を殺して埋めたいなんて、軽々しく口にするんじゃない。わざわざ死をにおわせるようなことを言うと、死が寄ってくるぞ

書き込みID：7gl＊＊＊81x

そういう正論言ってしんどいやつ追いつめるのはよくないぞ。あと投稿主もだけど、単語によっては規制にひっかかるかもしれんから注意

投稿主書き込みID：Rdx＊＊＊isy

むしろこのままでは、自分が何をするか分からなくて恐ろしいです

書き込みID：5y7＊＊＊&pk

やっちゃえばいいだろwwwww

その日は、比較的穏やかに過ぎるはずだった。午前、午後とも苦手な窓口当番はないし、急ぎの仕事もない。例によって例のごとく、宮村が「急に胃腸炎が悪化して云々《うんぬん》」とさほどしんどそうでもなく病欠を取っていなくなった後、――窓口に怒り心頭の来庁者さんが殴り込んでくるまでは。

「志帆ちゃん、顔大丈夫……!?」

昼休憩に出ていたユナコさんが女子ロッカールームに駆け込んできて、私は「はい、まあ……」と淡く笑い返した。

「心配かけちゃってすみません、ユナコさん」

「そんなこと気にしなくていいの！　それより……まさか、志帆ちゃんが、来庁者さんに顔を殴られるなんて」

ユナコさんが痛ましそうに顔をしかめる。私は俯《うつむ》き、頰に氷嚢《ひょうのう》を当てる手に力を込めた。ずきり、と痛む傷口は、頰ではなく、テープでガーゼを留めた額のものだ。

――午前中、怒鳴り込んできた来庁者さんは、まさに言葉が通じない状態だった。事務処理をした職員として呼び出された途端、何の前フリもなくカウンターを飛び越えてきて、私は拳で頰を殴り飛ばされた。

生まれてから親にも手を上げられたことなどない。ましてや大人の男の人に加減なく殴られたのは初めてで、一瞬自分の身に何が起きたのかわからなかった。気づけば、目の前にキャビネットの角があり。それからほどなくして——床のタイルに後頭部がつき、四肢《しし》が投げ出されているから、身体が吹き飛ばされたことと。床に飛び散った赤いものと鈍い痛みから、額がパックリと割れて流血していることを理解した。

衝撃は一拍遅れてやってきた。殴られたショックと熱を持ち始めた痛みで、私はしばらく置き上がることも声を上げることすらも叶わなかった。

「怪我の具合……」

「痕《あと》が残るかもしれないそうです」

ユナコさんに訊きにくそうに尋ねられかけたので、私はあえて自分から結論を告げた。私の倒れ方や怪我がひどかったことから、顔を真っ赤に染めていた来庁者さんはそこで勢いを失ってくれたが、だからといって受けてしまった傷が治るものではない。

運悪く、いつもなら前に出てくれる強面《こわもて》な辻田係長は所用のため時間休暇で、坂東課長は「頼むよ。後ろで見ておくから」の一言。その矢先の出来事だった。おまけにあろうことか、こんなの当たり前に警察案件だろうに、ことなかれ主義の課長は、「まあまあ、気をおさめて」と通報もせず来庁者さんを帰してしまった。

私が怪我を負ったのは、額のなかでも生え際などではなく、眉間《みけん》をななめに刻むような、特に目立つところだ。外科医に傷の程度を告げられ、これから一生、癒《い》えきらない傷をじろじろと見られながら生活していくしかないかもしれないとわかった時、文字どおり目の前が真っ暗になった。

「来庁者さんのお怒りだった件、宮村の分担のはずの葬祭費だった、って……」

「……」

ユナコさんの言葉に、私は今度こそ黙った。

先日、宮村の代わりに引き受けた葬祭費の実務。残業までしたあの件を、彼は一切のチェックをせず上に回し、急いでいたせいで上もなあなあで書類を通した結果、事故が重なって不支給になってしまったのだ。そして間の悪いことに、職員のミスで被害に遭うのは、その来庁者さんにとって初めてではなかった。かつ、前回やらかしたのも奇《く》しくも宮村だったらしい。

私たちにとっては『また宮村が』でも、あおりを受ける市民にとっては『また公務員が』になる。そして、私たち公務員は、――近年のメディアの偏向した報道をも怨《うら》むところに付記する――特に生活の苦しい市民にとっては「いい加減な仕事をして楽をして税金を吸い上げている」という印象を持たれていることが多い。この場合もそうだった。

ミスをしたのは私が悪い。でも、……葬祭費は宮村の仕事だ。本当にこの件は、私だけが悪いのだろうか。殴られても仕方ないほどに？　じくじくと痛む頬と額を押さえながら、まだ呆然《ぼうぜん》とする私に、ユナコさんが「あのね」と現在の経過を教えてくれた。

「課長のことなかれ主義が結局悪いほうに働いてね……ミスをされた来庁者さんの怒りが再燃したみたいで、……市議が出てきそうなんだよね」

「え……」

市議、という言葉にごくりと唾《つば》を飲む。

公務員の仕事を正しく見張るためという名目で、市民の相談にも乗っている彼らが出てくることは、私たちにとってちょっとした厄介ごとだった。とりあえず、私たちと本人さんの間だけで済むような、一筋縄では終わらない事態に発展してしまったのだということは明白だ。

「宮村……さんは、なんて」

「電話がなかなか通じなかったらしいんだけど、……『業務を処理したのもチェックをしたのも自分じゃないから』ですぐ切られちゃったらしくて」

「……そうですか」

関係ない？　冗談じゃない、関係ないのは私のほうだ。あんたの仕事を肩代わりしただけだ。あんたが最初からきちんと仕事をしていれば、私は。

あんたが代わりに殴られれば。

あんたがいなければ。

「……そう、ですか」

私は唇を噛《か》み、飛び出そうとする呪いの言葉を、どうにか喉奥に押し込んだ。

＊

後日。結果としてその騒動は、予想以上の事態に発展してしまった。

たまたまその方が相談相手として選んだ市議が、針小棒大にものごとを捉えて拡散する人で――雪だるま式に話が大きくなり、新聞沙汰になったのだ。

事務分担は宮村のはずだが、そんなことはもちろん関係なく、書類に名前があったのは私。市としても何らかの処分をくださないわけにはいかなくなり、上司二人は厳重注意。そしてもちろん、私も責任を取らされた。

入庁四年目にして、懲戒戒告である。今回の件は、将来の進退に関わるものだ。……係長への昇任試験も考え始めていた時期に、正直、きついなんてものではない。

ちなみに、不幸中の幸いにして宮村も同様の処分を受けた。けれど彼は私と違い、「もし辞めさせられたって、自分の年齢なら退職金はたんまり出るし、余生お気楽な独り身。失うものなんてない」とどこ吹く風なのだ。一方の私は、ここからの希望部署転属の可能性が限りなくゼロになったといって過言ではない。額も傷が残るかもしれない。ここまでして、なんのために我慢して頑張ってきたのか、本当にわからなくなる。

——公務員の仕事は、低いところから高いところに……。

いとこのお姉ちゃんの台詞が、頭の中でクルクル回る。

あの言葉の示すところを、入庁してから、ずっとずっと考えてきた。

公務員というものは、水の流れと逆さまで、やる気や能力の高い人のところに、低い人のぶんまで仕事が集まってくる。その点は、普通の民間企業も同じだ。大きな違いは、公務員だと仕事が集まったところで、別に給与が高くなったり、すぐに出世できたりするわけではないということ。基本的に年齢に応じて自動的に地位も上がっていくこの職では、志《こころざし》が高いほどに負担ばかりがいや増して、すぐに心と身体をすり減らしてしまう。

もう、限界だった。

その瞬間、腹の中にずっとあった怒りの種火が、かっと赤く燃えあがるのを感じた。

宮村さえいなければ。あいつさえいなければ……。私は、ここまでのことにはならなかったのに。

あんなやつ、どうして大きな顔をしてのさばっているの。今後のキャリアがどうとか、思いあまって道を踏み外したら人生が終わるとか、どうでもいい。あいつに死んでほしい。殺してやりたい。

課内連絡網で、住所だって知っている。あいつは一人暮らし。いなくなったって、誰も困らない。見つけないし、心配もしない。

ぱっと頭をよぎったのは、よく出入りしている掲示板での応酬。

――〝そういう社会のゴミって殺して埋めたくなるよな〟

――〝やっちゃえばいいだろ〟

画面の向こうの誰とも知らない誰かの放った言葉が、今はひとすじの光明のように感じられた。

どうせだったら、遺体も残らないように溶かして、区庁舎の裏手にでも撒いてやろうか。むしろ、花壇のこやしがいいかもしれない。……なんてね。

まずは今日、冴ちゃんに教わった縁切り神社に行こう。あいつを殺すから、力を貸してくれって。

意識の底で、自分が「まともではない」と――正常な判断ができなくなったのだと警告が聞こえる。でももう、そんなのどうだっていい。

私はもう、いろんなものを失ったのだから。

＊

残った仕事も放り出して、私はその日ほぼ定時で上がった。

そんな私を、課長や同僚たちは腫《は》れ物にでも触るように扱い、見送った。本音を言えば接しあぐねていただろうから、私が退庁するまできっとはらはらしていたのだろう。

目指す神社は思っていたよりもずっと近く、道順がややこしいにもかかわらず、一切迷うことなく到着することができた。秋の日はつるべ落としとはよく言ったもので、電車に揺られながら空が赤いなと思ってから、あっという間にもう真っ暗だ。つくづく、不思議なくらいスムーズに来られたものである。

そびえたつ鳥居に続く参道は、石灯籠《どうろう》に火も入っておらず。もはや薄暗いなどというレベルではなく、墨《すみ》を溶かしたような闇に包まれており、ただ白い石畳《いしだたみ》だけがぼうっと浮かびあがっている。夜の神社に来たのは初めてだけれど、ここに至るまでの観光地らしい明るく人どおりの多い道と違い、あまりに誰もいないので、ありていにいうと不気味だった。

——けれど。

「閉まってる……」

夜間なので門は鎖《とざ》されており、鳥居の向こう側は胸の高さまでのフェンスで進入を封じられてしまっている。

……それはそうかもしれない。私は衝動だけで下調べなしにここに来てしまったけれど、時計を見るともう夜の八時を回っている。神社が、夜になると閉じられてしまうという発想自体、そもそもなかったことを恥じるしかない。

いや、それ以前によく考えれば、……考えなくても。縁切り神社にお参りしたからといって、何ができるわけではないのに。むしろ私が今すべきなのは、苛性《かせい》ソーダをネットで購入することだったんじゃないか？　なんて。

いかに自分が冷静さを失っていたかがよくわかる。私はどっと脱力して、その場にへたりこみそうになった。

——と。

「……お参りですか？」

俯いて花崗岩《かこうがん》の石畳を見つめていた私は、前方からかけられた声にはっとする。

顔を上げると、フェンスの向こう側に、巫女《みこ》さんが一人、立っていた。

——いつの間に。

あまりになんの気配もなかったので、私はただあっけにとられて、答えも返せずに目を瞠《みは》るばかりだ。

それにしても不思議な空気を持つ巫女さんだった。

暗闇に色がくすんだ白衣に緋袴《ひばかま》姿は、普通によその神社でも見かける、いわゆる〝巫女さん〟そのものだけれど。月明かりと灯火《ともしび》に照らされた肌が、異様に白い。真っ黒な髪は、長く豊かなストレートで、同じく黒いガラス玉のような大きな眼が、じいっとこちらを見つめている。まるで精巧な蠟《ろう》人形のようだった。――きれいな人、……なのだと思う。たぶん。

主観にすぎない外見評すらあいまいになるのは、彼女の謎めいた雰囲気のせいだろう。どうにも、目の前にいるのに、相対している感じがしないというか……。声は、女性のものであるのが確かなだけで、高くも低くも、明るく幼くも、静かに落ち着いても感じる。なにせ年齢すら定かではない。ぱっと見た時はずいぶん若く感じられたけれど、どこか老成した空気もあり、私よりうんと年かさにも思われる。

「お参りですか?」

黙りこくったまま何も言えない私に、巫女さんは微笑《ほほえ》んで小首を傾げた。黒髪がさらりと首筋にかかり、朱色の唇がきゅっと笑みを形作る。

「あ、はい……すみません、こんな夜分に」

慌てて頷くと、彼女は「いいえ」と静かにかぶりを振った。

「御縁切りのお参りですよね。どうぞ」

そう言うと、彼女は白い指で内側のかんぬきを外し、からからとフェンスを横に畳んでくれる。えっ、いいのかな……と私がためらううちに、彼女はさっと踵《きびす》を返して、石畳の境内《けいだい》を先導するように歩きだした。私は何がなんだかわからないなりに、おっかなびっくりその背に従う。――それにしても、草履《ぞうり》をはいているからなのか、まったく奇妙なほど足音がしない。袴の裾《すそ》をさばく衣擦れの音さえも。

……そういえばここ、縁切りも縁結びも、どちらもやっていると思うんだけど。『御縁切りのお参り』って、言ってもいないのにどうしてわかったんだろう？　私は、そんなに鬼気迫った表情をしていたのだろうか。

疑問を口に出すのは憚《はばか》られた。結局何も尋ねられないまま、導かれた先はどうやら社務所である。やがて、私を表に待たせたまま、彼女はドアをくぐって中に灯《あか》りを入れ、カウンター……といっていいのだろうか？　よくお守りなどが並べられている、受付前の棚に置かれた箱を指先で探ると、白木の板きれを一つ私に差し出した。

――絵馬だ。

「どうぞ」

「……は、はい」

「絵の描いてあるほうが表です。お願い事はこちらの面にお書きください。サインペンも、どうぞ」

絵馬をください、なんて一言も頼んでいないけれど、確かに私の求めるものはこれだった。やけに迷いのない品選びに、私はごくりと唾を飲み込む。嚥下《えんか》の音がやけに大きく鼓膜を揺らした。

「あの、……いいんですか」

お金を要求されなかったので、私は社務所の表示に目を走らせて絵馬のお代が五百円であることを確認しつつ、巫女さんに尋ねてみた。もちろん、対価は支払うつもりだけれど……そもそも、閉門後の神社に勝手に参拝客を上げて、お参りさせてしまっても大丈夫ですか、という問いである。幸い、意図は正確に伝わったようだ。

「特別強く願いをお持ちのようなので……他のご参拝の方には、内緒ですよ」

彼女はまた微笑み、すっと白いひとさし指を口許に押しあてた。その唇は、やはり宵闇《よいやみ》に浮くほど白い肌に、椿《つばき》の花がこぼれたように赤くなまめかしく映える。

「あっ、でもすみません……私まだご本殿にお参りもしていないのに。作法とか平気でしょうか。お手水《ちょうず》？　を使って手を洗ってもいませんし」

「神様もお気になさらないでしょう。……ご本殿へはあとで、かまいませんよ」

そう言われると後には引けない。私はぼんやりと頷き、絵馬を書くべく差し出されたペンを手に取る。どくどくと心臓が脈打ち、アドレナリンが放出されている。社務所の中でじっと待っている巫女さんに、私は思わず念を押すように尋ねてしまった。

「ホントに、なんでも書いていいんですか……？」

「ええ、なんでも」

巫女さんは笑顔で頷いてくれた。心に描いた願いは決まっている。

――宮村常市を殺してほしい。死因はなんでもいいから。私の将来を奪ったこと、命をもって償《つぐな》ってほしい。

キャップを取ったペンの先を白木の表面に押しつける直前に、私はふと、わけもなく絵馬所が気になった。つい視線を向けると、そこそこ距離があるはずなのに、あふれんばかりに吊り下がる板きれたちが、一斉に文言をこちらに晒《さら》してくる。

『じかに手をくださずに迷惑な客を死なせてしまえる、死神を貸してください』

『……在住の……を死なせてください。死ね。あいつを殺してください。癌《がん》でも心臓病でもなんでもいいです。死ね死ね死ね死ね死ね死ね』

『私の上司を、この世の誰にも私がやったとバレないように殺させてください』

『同僚を殺して埋めてしまいたい』

『厄介でしかないあの同僚を殺したい。誰にもバレないように殺させてください。薬品でどろどろに溶かして、花壇に撒いてしまいたい』

「……っ！」

最後に視界に飛び込んだ願い事があまりに自分の心情と近いので、私は思わず両手で目を擦った。けれど、一瞬のうちに、どこにあったかわからなくなってしまう。見間違い、かもしれない。

私は改めて、手元の絵馬に目を落とした。

――これを書いたら、私は。

意を決し、私は改めてペンを白木の板に近づけた。

【激白！】社畜のみなさま。会社の裏に同僚埋めてくるけど何か質問ある？

日付：20＊＊＊＊＊＊　　投稿主書き込みID：Rdx＊＊＊isy

黙っていられなくて告白しちゃいますww
嫌な同僚に困らされていた者ですが、このたびついに一念発起して、あいつを殺すことができました。これから死体を埋めてきます。相談に乗っていただいた皆様に一言お礼が言いたくて参りました！
ありがとうございます！ああ、スッキリした！！嫌な同僚がいる全世界人類みんな聞いて！超爽快です！迷ってる人はみんなやるといいよw　ほんと気持ちいいから！
とっても心穏やかなので、殺し方とか今の心境詳しくとか、ご質問あったらどーぞ！お礼がてらなんでも答えちゃいます！www

書き込みID：5y7＊＊＊&pk

釣り乙。ここ質問板だけど逆に質問募集してどうする

書き込みID：Tj1＊＊＊y70

どんなにつらくても、冗談でも死ぬとか殺すとか簡単に口にするんじゃない！
いくらなんでも不謹慎だ

投稿主書き込みID：Rdx＊＊＊isy

不謹慎でも事実ですのでw

書き込みID：7gl＊＊＊81x
いや、さすがに冗談でも度を越してるぞ。ってか投稿主の心理状態のが心配だわ。何か辛いことがあるならここで愚痴っていけ、気晴らしにはなるから

書き込みID：7gl＊＊＊81x
っていうかこの投稿主、つい最近べつのカテゴリで大型犬の質問してたよな。あの質問とちょいちょい被って冗談でも気味悪すぎるんだけど

書き込みID：Tj1＊＊＊y70
そういえばそうだ

書き込みID：5y7＊＊＊&pk
さすがに関係ないでしょ？

書き込みID：5y7＊＊＊&pk
ちょっと、なんか言ってよ投稿主

【この質問は回答の受付を終了しました】

衝動的に縁切り神社に駆け込んだ晩から、数日が経った。――そして私はどうしているかというと、相も変わらず当然のように出勤して、同じように仕事をして過ごしている。

いや、同じように、というとちょっと語弊があるかもしれない。……実は、私の周りに限定すれば、あれこれゴタゴタとざわついていたものだから。

たとえば、問題の懲戒戒告についてだけれど。私は係長などとも相談した結果、人事に対して不利益処分の不服申し立てを行うことにした。そのあたりの手続きに関する諸々は試験勉強で頭に入れていたとはいえ、まさか実際に使う日が来るとは、と正直自分でも驚いている。戒告というのは文字通りの厳重注意にすぎないそうで、キャリアへの影響も少ないらしいが、やっぱりこのまま引き下がるのは嫌だったのだ。なんならX市付きの記者クラブに駆け込んでやろうかとまで目論んだものの、それはさすがに思い留まっている。

ついでに、窓口への来庁者さんに振るわれた暴力のことも、遅まきながら警察にちゃんと届出させてもらった。私が殴られていたのが明るみに出ることで、もしも処分の軽減につながるならもうけものだという腹もある。なお、傷害事件があったことを保身のために隠そうとしたのが露見した坂東課長は、そちらはそちらでキツく区長からお灸《きゅう》を据えられたようだ。そのせいで彼がさんざん苦心してきた〝定年退職後の安泰《あんたい》な身分〟の獲得にもおおいに逆風が吹きそうらしいが、私の知った話ではない。

そんなこんなで、なかなか紆余曲折があったはずなのに。……不思議と、私の心は穏やかだ。その理由の一つは、このところ宮村が来ておらず、課長や係長も彼と連絡が取れていない、ということ。――それ自体は、「心配は心配だけどトラブルメーカーが来なくて平和だよな、アイツもともと欠勤魔だし……」な空気が職場には漂っている。

他には、なんだか周りが、私への態度を少しずつ変え始めたことも、か。まず、今まで私ばかりが押しつけられていた仕事を、係長が平等に周りにも割り振ってくれるようになった。無断欠勤中の宮村の代わりに、データ入力には収納班の人たちに暫定《ざんてい》で応援に入ってもらえてもいる。漫然と見過ごされてきたたくさんの不始末のとばっちりを、私が一気に受けてしまったことを、彼らなりに申し訳なく思っているのかもしれない。

そうはいうものの、あまり態度が変わらない人、というのもいるにはいる。

「うわっヤッベェ！　あのあの、帰山サン。見てくださいよォこれ」

登庁後、朝一番に入力作業をもくもくと片付けていると。不意に、隣の情報端末をいじっていた長居くんが、耳打ちするように口に手を当てながらスマホを渡してきた。どうも、宮村が休み続きになってからというもの、サボりに付き合って雑談する相手がおらず、私をターゲットにしてきたらしい。……なかなか神経が太いな、といっそ感心するが、彼はこのところ、外線電話をちゃんと取るようになったり、来庁者が多い時に率先して窓口の応援要員に入ってくれたりと、徐々に勤務態度が変わりつつあるのだ。まあ、今は過渡期なんだろうな、と好意的に捉えることにしている。

一瞬、無視しようかと思ったが、表示されていた画面に思わず目を見開く。

「これ……」

赤と白を基調にした、某検索エンジン運営の質問用掲示板。それはまさに、私が日参しては鬱憤晴らししていたところだった。──ぎゅうっ、と心臓が収縮する。

「この質問、ヤバヤバの激ヤバじゃないすか？」

彼は一度スマホを引き寄せて指先で軽くスクロールすると、満面の笑みでとあるページを示してくる。私は渇いた喉を潤すように唾を飲み下すと、平静を装ってそれを受け取った。──落ち着け、関係ないページかもしれないじゃないか。

『会社の裏に同僚埋めてくるけど何か質問ある？』

しかし、思いきり見覚えのあるその内容に、心臓はますます早鐘を打つ。

「長居くん、こういうとこ見に行くんだ……意外だね……」

私は深く息を吸い込むと、つとめて無難な答えを返した。「いやあ」と彼は苦笑する。

「この質問してる投稿主、ＩＤで履歴遡《さかのぼ》ると会社の人間関係でいろいろ悩んでて、大変そうなんスよね……なんかオレも宮村サンにちょっと思うとこあったから、同情しちゃって。何度かこの人の質問答えてたんスよぉ。ほらコレとか、オレですよ、回答者」

彼がいくつか示したリンク先の回答に、私は目を瞠る。

――〝若手は消耗品だと思われてる。もしや投稿主、公務員？〟

――〝すまんかった。お互い生きよう……〟

「……この書き込みって、長居くんだったの!?」

思わず声を上げたのは私――ではなく。

「ユナコさん？」

振り返ると、書類束を抱えたユナコさんが、ぽかんと口を半開きにしている。私の呼びかけにはっと我に返ったらしい彼女は、「あっ、……ご、ごめん！　話が聞こえたから、つい……」と視線をさまよわせた。

「へっ？　安田さんもここの質問掲示板見てるんスか？」

「ち、違うの、違うのよ！　……たまたま知ったの！　昨日は検索サイトのニュースにもなってたから、それで見つけただけ！　あ、……悪質ないたずら、らしい、わね……」

長居くんの問いかけに、ユナコさんは不自然なくらいうろたえつつ手を振った。

「検索サイトのニュースに？　そうなんですか？」

初耳だった。首を傾げる私に、ユナコさんはため息をついて肩をすくめた。

「ほんと、焦るわよね。だって昨日の今日みたいなスピード感でさ、ちょっとつついただけで『やってきましたー！』みたいな書き込みしてくるなんて思わないじゃない」

「……ユナコさん？」

さすがにそれは、「偶然ニュースで見つけた」人のコメントではない。訝る私たちに「しまった」という顔をした後、ユナコさんは観念したようにこんな告白をした。

「ごめん、もうぶっちゃけるけど。……このへんの回答、書いたのあたしなのよね」

――〝いっそ硫酸で溶かすとかどう。死体処理屋のシチューメイカーって、ド定番〟

――〝やっちゃえばいいだろ〟

「えええっ⁉　マジ⁉　この書き込みID、安田さんだったんスか⁉」

「ちょっと長居くん！　大きな声で言わないでよ！」

「そりゃあ、びっくりしましたもん！　口調とか性格とか、いつもと全然違うじゃないスか。やたら草生やして煽《あお》りばっかかしてるし」

「悪かったわね。そんなの、こういうところじゃよくある話でしょ」

しいっと指を口に当てるユナコさんに、長居くんともども唖然《あぜん》とする。

だって、このIDの人物は。「そういう社会のゴミは殺して埋めたくなる」的な過激コメントをしたり、「苛性ソーダで溶かせ」とそそのかして、詳しいやり方まで教えていたのだ。それが、他でもないユナコさんだったとは……。

言葉もない私たちに、ユナコさんはばつが悪そうに釈明した。

「別に……あたしだけじゃないんだからね。まずは辻田係長が見てたから、この掲示板と質問主のことを知ったの。それで、ちょっと……義憤？　的な気持ちに駆られて……」

「辻田係長が？」

「そう。休憩中にスマホいじってるの、たまたま後ろを通りかかった時にちらっと見えちゃって。ああ、こんなのあるんだーって」

また身近な人物が出てきたものだ……とあっけにとられる私に、「で、こっち書いたのはたぶん係長」と彼女が指さしたのは。

――〝神仏に願い事をするのに、後ろ向きなことはよくない〟

――〝人を呪わば穴二つだ、忘れるな〟

「嘘っ！　これ係長だったんですか⁉」

思わず叫ぶ私に、ユナコさんは神妙な顔で頷いた。

「ここだけの話なんだけど、辻田係長って昔、子供さんを亡くされてるの」

「……え⁉」

「自殺だったか事故だったか……詳しくは覚えてないんだけどね」

いつも、『若い頃の苦労は買ってでもしろ』と言い続けていた辻田係長のいかめしい顔を思い浮かべる。「あの性格が災いして、なにせお子さんと折り合いは悪かったらしいよ」とつけ加えたユナコさんに、私はどういう表情をしていいかわからなかった。

子供を失ってもなお、自分を変えきれず、さりとて忘れることなんてできるはずもなく。彼はずっと孤独な闘いの中にあったのだろう。どんな気持ちで、見も知らぬネットの向こうから寄せられる悩みの相談に乗っていたのか。なんだか、係長の心境を考えると、私はしんみりしてしまった。確かに宮村との衝突を嫌って若手に仕事を押しつける人ではあるけれど、窓口に厄介な来庁者さんがいる時は必ず逃げずに対応してくれるし。こんなところでも真面目一徹だったのか、……あの人は。

「やー、世間せっま！　いっそ引くっスわ。ほんと、こんなクズみたいな同僚に悩まされてる人いるもんだなって思ったら。これ、ウチの面子こんなにいたのかよ！」

「ね……。そうよねえ」

げらげらと笑う長居くんと、やっぱりちょっときまり悪そうに視線を巡らせるユナコさんに奇妙な連帯感を覚えつつ、私は無言で頷く。

「でも、考えてみれば怖いわね。言葉でストレス発散するのも褒められたことじゃないかもだけど、まだいいよ。ほんとに人を殺したら、人生変わっちゃうもん……」

さらに、ユナコさんが身震いしながら続けた言葉に、私はふっと息を吐き。

——本当にそのとおりだ、と強く思う。

ああ、心底。

絵馬に何も書かずにいてよかった。

殺させてとか、死ねとか。実は係長の書き込みだったそうだけれど、……『人を呪わば穴二つ』とは真理だと、つくづく身に沁《し》みる。

たかが絵馬と思うかもしれない。でも、あそこで絵馬を書いてしまっていたら、きっと私は宮村への害意に歯止めが利かなくなっていた。実際に、彼を殺して溶かし、埋めてさえいたかもしれない。最後の最後に思い留まって、よかった。

あの時——絵馬所にある恐ろしい呪いの文言の群れに、私はばしゃっと氷水を頭にかけられたような心地がした。文字どおり頭が冷えたのである。結局、巫女さんにもらった絵馬は、その場でお返しした。「安易に誰かの死を願って、万一それが叶った時に、後ろめたい気持ちになりたくない」と考えを改めたからだ。「せっかくご用意いただいたのに、すみません」と謝ると、巫女さんは鷹揚《おうよう》に「お気になさらず」とかぶりを振るばかりか、「よろしければ、少しお話お伺いしますよ」と、私の身の上話に耳を傾けてくれた。

いやな同僚に仕事を押しつけられて毎日がつらいこと。叶えたかった夢に全然追いつけないうちに、顔に傷を作ったり、納得できない処分を受けたりと、挫折続きで気持ちが参っていること。ずっと押し殺してきた、数々の理不尽への不平不満……。全部をぶちまけてしまうと、なんだか、お腹《なか》の中に溜まっていた黒くてよくないものが、すうっと消えていくような心地がしたものだ。

そして、話をしていくその中で。宮村の存在なんて、今の自分を苦しめるもののほんの一角にすぎず――彼だけに一切の責を負わせて、「あいつさえ消えれば」と願うことは、誤りではないのかとも気づいた。

何がすべてというわけでもない。ひどいこと、つらいこと、ままならないことの原因は、なべて複合的で。誰か一人を物理的に取り除いたら、たちまち道が拓《ひら》けるように解決するわけでもなく。逆に、己の人生の歯車が、後悔のために噛み合わなくなるだけだ。

あれこれ考えた末に、私は絵馬のお代と同じ金額のお賽銭を本殿に納め、こんな風に念じながら手を合わせてきたのだった。

『これから、私が暗いほうに心を引っ張られたり、あまつさえ誰かを殺してやりたいなんて思ってしまった時に。そんなことを自分に思わせる環境から、適切に離れることができますように。恨みや憎しみの悪縁に絡めとられないよう、お守りください』

また、「ネガティブ思考の遠因となるような、悪口雑言のるつぼである質問掲示板断ち」

と、「限界が来る前に、ちゃんと冷静な判断をすること」も併せて誓った。もう本当に無理だと思った時は、なんなら公務員を辞めて転職する勇気も必要かもしれない。

とはいうものの。

そういえば面白いことに、これまでこの掲示板には頻繁《ひんぱん》に出入りしてきたけれど、ただ眺めるばかりで、一度たりとも自分では質問や回答をせずじまいである。そういう風に過ごせたのは、ある意味、とある同一ＩＤの投稿主の書き込みに救われてきたからだ。

――〝いっさい仕事をしようとしない同僚のせいで、毎日つらいです〟

――〝職場の人間関係にほとほと疲れ果てています〟

これらの質問を目にした瞬間、「私のことか」なんて思ってしまったくらいだ。今回の『会社の裏に同僚埋めてくるけど何か質問ある？』にはさすがに驚いたが、そんなことを言いたくなる気持ちはわかりすぎるほどよくわかる。

同じ悩みを持つ人が、この世に確かにいるのだと感じられて、励まされるような……早い話、我が身を投影しながらストレス発散していたのだった。男か女かもわからない。広いネットの海のどこかに住まう、顔も知らない相手だけれど。

「あたしね。なんか、困った同僚の悩み相談ばかりずーっと書き込んでる、このＩＤの投稿主に答えている時だけ、すっごく解放感があって。日ごろの仕事やプライベートの鬱憤とか、全部ぶつけられたのよね……我ながら不健全だったと思うけどさ」

奇しくも同じ人を見て同じことを考えていたらしいユナコさんに、「そうですね……」と思わず頷く。「終わり方が不穏なのは、さすがに冗談よね？」とも不安そうに問われたので、「そうじゃなきゃ怖すぎるでしょう！」と苦笑してしまった。

それにしても、誰が誰か暴かれてしまえば、ネット上の人格というものは、なんて現実とのギャップが激しいものなのだろうか。チャラくてサボり癖のある長居くんが、こんなに親身になって見ず知らずの相手に同情を寄せるのも、しっかり者で優しいユナコさんが、こんなに攻撃的な一面を見せるのも意外だった。

人は見かけによらないというけれど。日ごろから慣れ親しみ、よく知っていると思い込んできた相手でも、思いがけない性質を隠し持っているものなのかもしれない。係長だけがキャラを貫いていて、そこは、ちょっとほっとする。

いやはや、なんというか。本当に……つくづくこの質問の投稿主さん、まさに私の心情を代弁してくれていて、怖いくらいだったなあ。まるで私が書いたみたいに。

「しっかし宮村さん、ほんと連絡つきませんよね」

「どこ行ったんスかね。いつもの腹痛にしても、いい加減そろそろ長《なげ》えっスわ」

「まったくよね！」

ユナコさんや長居くんと改めて宮村の話題で盛り上がっていると、ふと背後に人の気配を感じて、ぎくりと私は振り向いた。

「あ、石井さん。おはようございます」

後ろを通りかかったのは石井さんだ。私はほっと胸を撫《な》で下ろして会釈する。そうだ、どんな時でも私のことを常に気にかけてくれていたのは、石井さんだけだった。

縁切り神社で絵馬を書かずに踏み留まれたのは、石井さんのおかげでもあるかもしれないなあ……とこっそり感謝しつつ、私は何げなく話を振った。彼が腕まくりしていたので、おそらく例の前庭整備ボランティアだったのだろうと予想できたからだ。

「石井さん、いつもの花壇の水やりです？」

尋ねると、石井さんは一瞬何かを考えるように動きを止めた後に、「はい！」と白い歯を見せて頷いてくれた。つられて私も顔をほころばせる。

「今日もお疲れ様です。ほんと、頭が下がります」

「いえいえ、趣味でやっているようなものなので」

「さっき見てきましたよ！　コスモスがすごくきれいでした」

「ああ、確かによく咲いていましたね。新しく、珍しい種類の肥料もお裾分けしたので、もっといい色になるかもしれません」

「それと、石井さんにお借りしてた梶井基次郎の全集、持ってきたんです。あとでお返ししなきゃ。オススメなだけあって、面白かったです！　私、実は梶井基次郎って初めてで。有名な『檸檬』も、タイトルだけ知ってたけど読んだことはなかったし。特に、『櫻の樹の下には』がホラーっぽくてドキドキしました」

「楽しんでもらえて光栄ですよ。『櫻の樹の下には』は、私も小学生の頃出会って衝撃を受けました。昔は『檸檬』が好きでしたが、今はこっちのほうが気に入りなんです」

軽く会話を交わした後、彼は「じゃ、またあとで」と立ち去ろうとする。その瞬間、いつものオーデコロンに混じって、少しだけかぎ慣れない異臭がした気がした。

「ん？」

それは、なんとも奇妙な――鼻につんとくるような、粘膜が刺激されてピリピリするような。たとえるなら、理科の実験のアンモニア、……みたいな？　つい最近、その単語をどこかで見かけた気がするけれど、よく思い出せない。

そういえば石井さんが戻ってきたの、花壇と逆方向だったよね。どちらかというと裏手寄りというか。どうしたのかな。

……ま、いっか。

さあ、今日も仕事だ。私は大きく伸びをして、ノルマ分の申請書の束に手を伸ばした。

あたしの幸せな生活

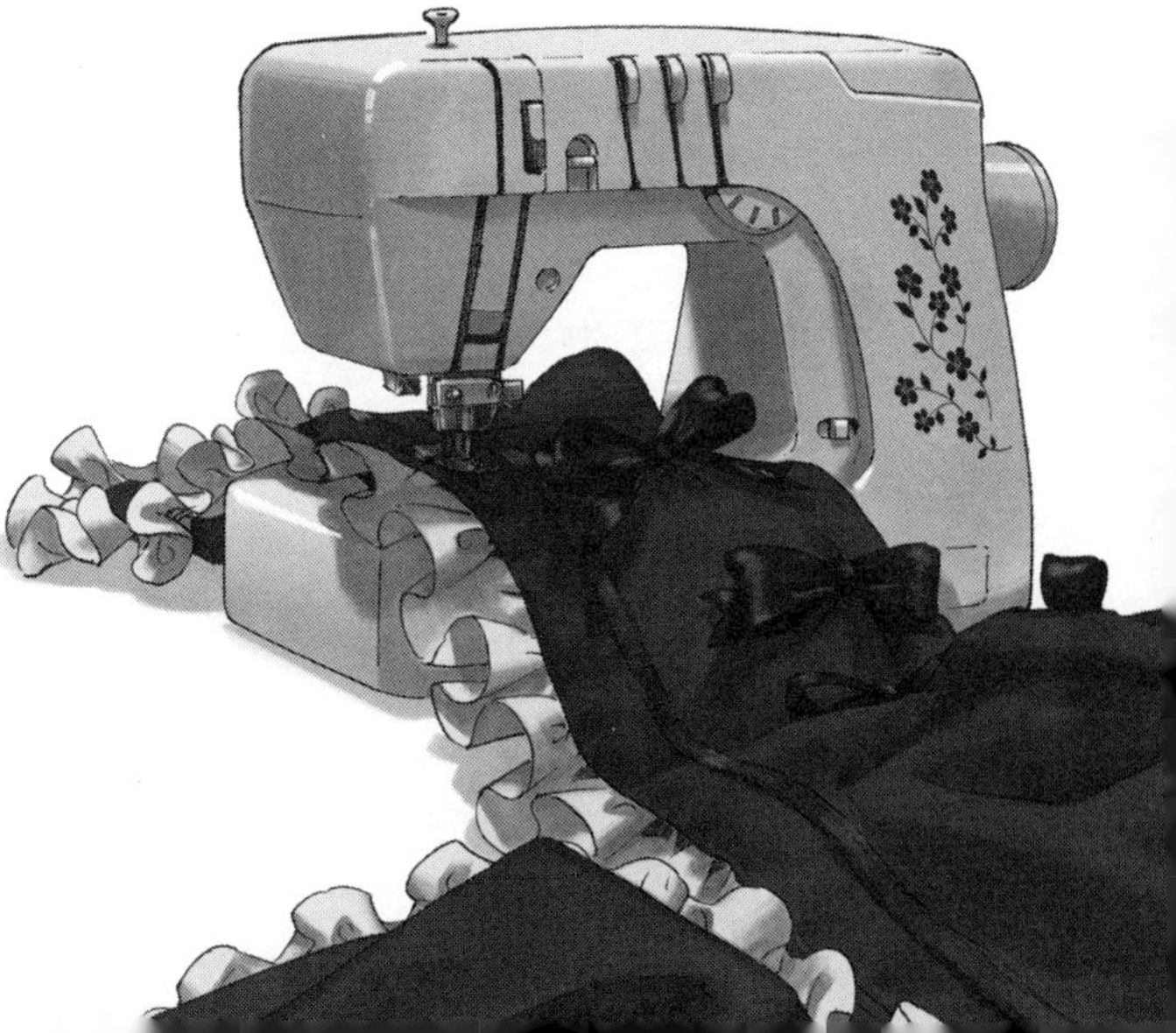

あの人を見ているとイライラする。

――まるで、〝出来のいい〟あたしを見ているようで。

どうしてこんなに、心に黒々とした汚泥《おでい》が溜まってしまうのだろう。あたしのせいなのか。それとも……。

そんなことを考えては、鬱々《うつうつ》と気落ちする。その繰り返しだ。


あたしがこの東方電力に派遣社員として勤め始めたのは、この四月からのこと。

社名に電力とつくものの、あたしの部署はガス部門で、お客様情報の管理などをするところ。そして派遣なので、仕事といえば専用のソフトにあれこれ打ち込んだり、データ表やレジュメの作成をしたり、コピーをとってホチキス留め冊子にしたり。はた目には簡単に思えるかもしれないけれど、数がかさめば手間だってそれなりにかかる。何より、やっぱり初めての職場だから。あたしはとても緊張していた。

今は、会社に入ってふた月が経《た》ったところ。何をするにしても時間とともに慣れていくと思っていたけれど、なかなかうまくいかないことも多い。……とりわけ凹《へこ》まされるのは、人間関係の難しさだ。

入社してから、助けてくれる人はいた。でも、仕方がないこととはいえ、仕事中は基本的に孤独だった。それればかりか、隣の席にいる同僚——矢作《やはぎ》さんという、アラフォーになろうかという女性社員だ——と、びっくりするほどに反《そ》りが合わなかったのだ。

矢作さんは、男みたいにバッサリ短く切った髪とか、性格のキツそうな目つきとか、ファッション度外視の眼鏡にパンツスタイルという、いかにも「私お仕事できます！」とアピールしてくるような服装で、ひょっとしたら、ちょっと自分とは違うタイプの人かもしれない……という予感はあった。現に、いくつかの点において、彼女とあたしとは決定的に違った。彼女はあたしよりも先輩で、おまけに正社員。そしてなぜか、最初からあたしにすごく厳しかった。

ひょっとしたら、……どんくさいやつだと思われているのかもしれない。

たとえばこの間、あたしの胸に重たいしこりを残した一件など特徴的だろう。発端は忘れもしない、ひどく焦った様子の矢作さんが、あたしに「これ、今日の午前中早めにお願い」と何かの書類を手渡してきたのである。

え、それって……？　というのが、正直な感想。午前中までの理由も教えられていないし、そもそも、慌《あわ》てて確認した時計の針が指すのは、頑張っても間に合うか怪しい時刻。初めての業務だったうえに、示されたマニュアルを見てもちんぷんかんぷんで、あたしは途方に暮れるばかりで。それに、あたしには持病の偏頭痛があった。この病気は厄介《やっかい》なことに、強いストレスを感じた時に限って、ずきずきと熱を持ってこめかみを圧迫してくる。

仕事のやり方はわからないし、頭が痛いし、胸までムカムカして気持ち悪くもなってくるし。パソコンの前に座っていることすらしんどくなって、隣で自分の作業をしているらしい矢作さんに、一生懸命に「わからないです」と尋《たず》ねようとしてみたけれど。何かに集中しているようで、「話しかけないで」というオーラをひしひしと放ち、こちらを見る気配すらない。というか、基本的に彼女はあたしを見ない。いつも仏頂面《ぶっちょうづら》をしているし、あまり目を合わせないようにしているのだろう。

そういうわけで、矢作さんにはとても話しかけられる様子じゃなく。やがて、まごつくあたしを置き去りに、彼女はどこかに行ってしまった。それだけではない。

「脇田《わきた》さん、これもお願い」

「昨日頼んだあの件ってどうなってるかな？」

たくさんの人たちがあたしの机に押し寄せ、めまぐるしく雑務を置いていく。一つをこなしていると、すぐにまた次の仕事。どうにかそれを終わらせると、また次……。まずはせめて気持ちを落ち着けられるようにと、試行錯誤《さくご》もしてみた。でも、無駄だった。あたしは結局、焦るばかりで、言いつけられたことを何もできなかったのだ。

「脇田さん、進捗《しんちょく》はどうですか」

どこに行っていたのやら、午前十一時を少し回った頃、やっと矢作さんは戻ってきた。彼女に尋ねられたあたしは、青い顔をして、どうにか首を横に振った。

「ごめんなさい、まだ何も……」

「何も⁉」

時間とともに多少はマシになってきたとはいえ、頭痛は治りきってはいない。気分の悪さもそのままで呼吸も苦しかったから、やっとのことで声を出したあたしの手元を覗《のぞ》きこみ、矢作さんは、仰々《ぎょうぎょう》しくも大げさに目を剝《む》いてみせた。

「これ、本当に急ぎなんです。午前中早めって言ったじゃないですか！」

「や、やり方がわからなくて……」

「いやマニュアルお渡ししましたよね」

「マニュアルは、……読んだんですけど……」

責められる口調が怖くて厳しくて、事情を説明するあたしの声は、ついもごもごと尻すぼみになる。けれど、そんなあたしをジロリと睨《にら》みつけながら、彼女に言い放たれたとげとげしい台詞《せりふ》と、聞こえよがしに深々とつかれたため息を、あたしはきっと、この先忘れることはないだろう。

「わからなければちゃんと訊《き》いてください！　隣の席なのに！」

「は、い……」

あたしが、言われたことをできなかったから。

叱られるのは、きっと仕方ないことなのだ。でも……理由も聞いてはくれなかったな、と少しだけ思った。

その日のお昼休み。ご飯を食べながら、あたしは一人でぽろぽろと泣いた。

なんだかひどく自分の境遇が情けなかった。

すごく悲しくて、不安で。あたしは、会社に行くのが嫌になってしまいそうだった。仕事が終わった後、家に帰って眠りについてからも、ひどく夢見が悪く。朝が来て、気持ちがいいはずのお日様の光が部屋中を照らすと、憂鬱《ゆううつ》な気持ちでいっぱいになり、胸が鉛《なまり》を飲んだように重くなった。

本当は、あたしにはもう一つ、とてもとても大事な仕事がある。でも、それだけでは暮らしていけないから、この東方電力の派遣事務を始めたのだ。

せっかく勤め始めたからにはと、あたしなりに職場の雰囲気に溶け込もうと奮起した。他の社員さんたちとできるだけ積極的にコミュニケーションをとってきたつもりだったし、職場全体を見渡す人だからと、上司の……課長とも距離を縮めようと試行錯誤してきたはずだった。

けれど。

声に出して直接言われなくたって、否《いや》が応にも察してしまう。あたしが何をどう頑張ったところで、矢作さんにとっては、一事が万事「その程度のこと」だろうな、と。まだまだ経験が浅いからいくらでも不慣れなところは目につくだろうし、できることがあれば「そんなの当たり前」で、できなければ「ほら使えない」と思われる。同性で、容姿も物腰も気弱そうで、あとは歳《とし》が若いのもうっとうしいのかもしれない。

あたしは……あたしはあの人にとって、そんなにも邪魔なのだろうか。癪《しゃく》に障《さわ》って仕方ないのだろうか。あんな風に、全否定されなくてはいけないほどに。

……なんて。眠れないまま布団にくるまって、えんえんと考えもした。

こんな風に悩む時、あたし以外の誰もが、あたしよりもずっと上手に社会の海を泳いでいるように見えてしまう。あたしだけが、水の中でひれの動かし方を忘れた魚みたいに、ぶざまに口をぱくぱくと開け閉めして、どうにか生き延びたいと喘《あえ》いでいる。

考えれば考えるほどにまた涙が出てきて、切なくて。もうこの世から消えてしまいたくなる。そんな時には、唇を噛《か》んで、あたしは撫《な》でる。左手首に走る、いくつもの醜《みにく》くひきつれた切り傷の痕《あと》を。

そして思い出す。理不尽と不条理に耐えきれなくなるたび、かつて自らを何度も傷つけたことを――。

＊

「いやちょっとひどすぎるんだけど聞いてくれる⁉」

六月の夜が持つ空気は、遅めの梅雨の気配を含んでじっとりと重い。

久しぶりにマンツーマン女子会をしようよ、と友人に誘われた時、私は即座に「ごめん目の前で酒飲んでいいですか、アルコールありで許してください」とリクエストしてしまった。ついでに「焼き肉がいいんじゃない？」と向こうから提案されて、一も二もなく頷《うなず》いてもいた。とはいえ禁煙環境と、トキソプラズマを滅殺するのにじっくり加熱するのは必須だけど。せっかくなら食べ放題で飲み放題がいい。いろいろと気が咎《とが》めるところがなきにしもあらずとはいえ、今回ばかりは見逃してほしい。

「ありゃ、どうしたの。矢作多恵《たえ》サマともあろうものが、開口一番にまたそんな」

「私ともあろうものがって何⁉　……っていうのはさておき、ごめんね！　ほんと薫《かおる》が大変な時に！　毎度毎度、聞きたくないと思うんだけど！」

「いや？　わたしは別に大変じゃあないし、聞きたくなければ、アルコールありで食べ飲み放題したいなんて、多恵が言い出した時点で断ってるよぉ。で、何？　言ってみ？」

駆けつけ一杯の生ビールを中ジョッキで呷《あお》り、がっ、ゴッ、と色気もへったくれもない音を立てて嚥下《えんか》する私に、二十年来の親友である佐野《さの》薫はホワホワと笑って手を振ってくれた。うっ、我が友ながら女神か。後光が眩《まぶ》しい。

この行きつけの焼き肉屋は、一応パーテーションで区切られているものの、家族連れやら学生やらでごったがえし、ざわざわと騒がしい音にあふれている。ありがちなテーブル備えつけのコンロに網方式ではなく、七輪に炭火で炙《あぶ》って食べるタイプなのが私好みなのだ。周囲のテーブルから、肉を焼く香りを含んだ煙が漂ってきては、絶えず私たちの鼻先をくすぐっていった。

ジョッキのふちを唇の端で舐《な》めながら、ふと薫が尋ねてくる。

「んー……っていうか。ひょっとして多恵の悩みって、前に『うちの会社、割とやばいの拾ったかもしれん……』って相談してくれた、くだんの後輩ちゃんの話題？」

「その通りでございます……あの人、本格的にやばそうでさあ。よく覚えてるね、薫」

「多恵の話だもん、覚えてるよお」

薫はまた笑って首を傾《かし》げた。そうすると、白くふっくらした頬《ほお》はますます柔いまろさになり、くるくると緩めのパーマをかけた茶髪が首元にかかって、彼女の優しげな印象をさらに強めてくれる。

私と違って手元にあるジョッキの中身はウーロン茶だが、もともと彼女は決して下戸《げこ》ではない。その大きく膨らんだお腹《なか》にもう一つ命があるとわかってから、そろそろ半年が経過している。性別も女の子だと判明していて、気の早い私などは、彼女に内緒で名入れのお祝いグッズを漁《あさ》り回る日々だ。

ちなみに、薫が言及したのは、私の会社の同僚——で、後輩にあたる人物。失礼ながら私は、彼女を「名前を言えない例のあの人」や「困ったちゃん」と呼んでいた。

そうこうするうちに、最初のオーダーであるタン塩と和風海藻サラダが運ばれてくる。肉の中でもとりわけ牛タンが大好きな私は、さっそく赤身の薄切り肉をトング挟んで銀色に光る網の上に並べながら、大仰にため息をついてみせた。薫はキョトンとした後、「それから？　その子、どうしたの？」と続きを促《うなが》してくれる。

「だって多恵はこの間、その困ったちゃんとやら、一応は仕事をしてくれるようになったって……」

「気のせいでした」

「気のせい？」

「そう。また、ずーっとスマホいじってるの、就業中に。それで彼女のタスクになってるデータ、期日にいっつも間に合わないから代わりに全部私が打ち込みやってんの！　だってのに、ありがとうの一つもなく、ずーっとずーっとブスくれた顔してこっちを睨んできて、なんなの？　私何かやりました？　やってることとっていえばあなたの分まで仕事してますけど？　みたいな」

「わお」

「他の人に頼まれた簡単なコピー業務とかは、気まぐれにやってくれたりするみたいなんだけどね。私からのは全然。もう、お手上げ……」

決定的にひどかったのは先日のとある一件だ。こいつはもうダメだ、と思い知らされた。口元に手を当てて大きな目をぱちくりさせる薫の前で、飲みかけのビールジョッキ片手に、酔っぱらいの面倒くさいクダ巻き絡みそのものの風体の私は、「ちょっと、……ほんと聞いてくれる……？」と、本日最も愚痴《ぐち》りたかった、少し前の出来事を語り始めた。


その日、うちの部署はいろいろな期限が重なって、どこもかしこも誰も彼も、上を下への大騒動だった。当然のこと、私も目の回るような忙しさで、隣の席に座るその困った後輩ちゃんにも、仕事を振り分けさせてもらったのだ。

念のため前置きしておくと、モロに彼女の業務の範囲内だし、決して無茶ぶりな依頼でもなかった。派遣である彼女のスケジュール管理は私の仕事でもあったし、そのお願いをした時、ちょうどぽっかりと時間に空きができていたことを、きちんと把握《はあく》したうえでのことだ。

第一、彼女は――いつもの話ではあるが――周りが火を噴くような忙しさで駆け回っている中、優雅にスマホをいじっていた。これについてはそもそもどうかと思うが、就業中だといくら注意しても、やめないのだ。

『脇田さん。これ、午後イチの会議に使うから、大至急でグラフにしてもらえるかな。こっちのマニュアル見たら、元になるファイルの場所とかやり方とか全部書いてあるから！急で悪いんだけど、午前中早めにお願い』

私がマニュアルを手渡しながら彼女に頼むと、一度目は聞こえないふりをされた。二度目の呼びかけでやっとひどくおっくうそうに顔を上げた彼女の、第一声がこれだった。

『なんであたしなんですかぁ？』

なんでじゃねえよ、ここに仕事しに来てるんだろう、と叫ばなかった私ものすごくえらい。誰か褒めて。それはさておき、果たして、『脇田さんの業務のうちだし、午後の会議に使うから』と一度説明したはずの理由を繰り返して、ついでに先ほどの台詞をもう一度リピートして書類を手渡した後、私はやっと自分の仕事にとりかかれた。

それが朝十時前のことだ。そこから、私はじっと作業に集中することもできずに、あっちにこっちにさんざん引っ張り回された。一時間ほど経って、やっと己の持ち分がひと段落つこうという頃。ふと、グラフを作成しているはずの隣席から、うんともすんとも進捗報告がないどころか、キーボードやマウスを操作している気配すらないことに気づき、私はぎくりとして自席のパソコンのディスプレイから目を離した。おまけに、いつもは下を向いてスマホを見つめ続けている彼女は、その時ばかりは、なぜかしきりにちらちらとこちらに視線を送ってきていた。誓って言うが、一度も話しかけられてはいない。

『あの、脇田さん、……進捗どうですか……？』

嫌な予感を覚えつつ私が問うと、彼女はどことなく幼い様子で唇を尖らせた。

『ごめんなさぁい、まだ何も』

『何も⁉』

とっさに私は、職場の壁かけ時計をがばっと振り仰いだ。午後の会議は一時半からだが、その前にお昼休みを挟む。けれど、必要枚数の資料を印刷するより先に、上司のチェックをもらわなければいけない。印刷には少なく見積もって十五分。顔から血の気が引き潮のごとく失せ、私は思わず叫んだ。

『これ、本当に急ぎなんです。午前中早めって言ったじゃないですか！』

彼女は、内心はどうだか知らないけれど、私にはひどく飄々《ひょうひょう》とした調子に聞こえる声で答えた。

『やり方がわからなくてぇ』

『いやマニュアルお渡ししましたよね』

『なんかぁ、そのマニュアル？　読んだんですけどぉ、ちょっと字が小さいし、読みにくくてぇ』

字が小さい……。こうしたデータのグラフ起こしなどは、彼女のような派遣さんにお願いするまで、週一くらいで来てくれるお年を召したアルバイトさんにお願いすることが多かった手前、マニュアルの類《たぐい》は異常なくらい大きめのフォントで印字されている。あと、前に男性社員と雑談している時、「あたし目はよくってぇ」って言ってなかったっけ。ほう、さようであったか。字が小さいか……じゃなくて。

『わからない時は訊いてください！』

『えー？　よかったんですかぁ？　なんかー、ちょっと話しかけにくくてぇ』

『隣の席なのに⁉』

さすがに我慢の限界で、私は顔をしかめて深々とため息をついてしまった。もちろん、そんな風にあからさまに非難の態度を表に出したことは、大人げなかったと我ながら反省している。けれど、その時の彼女の、しゅんと凹むどころかこちらを呪い殺さんばかりに睨みつける、憎悪に満ちた眼差しは、しばらく忘れられそうにない。

『助けてほしくて、ずっと見てたんですけどぉ』

知らんがな、と叫ばなかったことについても、やっぱり誰かに褒めてほしい。いやまあ、それこそ誰も知ったこっちゃないだろうから、自分で褒めるけれど。私、えらい。

「……というようなことがあったんです。データのグラフ化作業は、その後結局私が自分でやって会議には事なきを得たんだけど、チェックと印刷のために昼休みが吹き飛んで、ついでに上司の休み時間にも影響したんで、もう平謝りでした」

「多恵、苦労したねえ……お疲れ様」

一連の話に黙って耳を傾けてくれていた薫にそう労《ねぎら》われた時、やはりわが友は女神であったか、と私はテーブルに手をついてこうべを垂れた。「髪の毛、タレにつくよ」と女神様おんみずから注意されて、すぐ面《おもて》を上げさせてもらったが。一方で、ふんふんと聞き終わった話をしばらく咀嚼《そしやく》した後、薫は眉根を寄せてこんなことを尋ねてきた。

「その困ったちゃんさ、そもそも注意ってもの自体をされたくないんだろうねえ。でもそれにしたって、多恵のお仕事じゃないよね。上の人の監督責任どうなってんの？」

「うっ」

薫は、ふわふわしているようでこういうところは鋭い。それもそのはず、なにせ彼女は、とある特殊な芸能ジャンルのベンチャー企業で、マネージャーのエース格を務めているのだ。そのジャンルとは他でもない——コスプレ業界である。

コスプレ、という単語そのものは、聞いたことがある人がほとんどだろう。言わずと知れたコスチューム・プレイの略で、意味は漫画やアニメ、ゲームなどに出てくるキャラクターの仮装をすることだというのも、説明するまでもない。コスプレを楽しむ人のことは『コスプレイヤー』といい、縮めて『レイヤー』と呼ぶこともある。

基本的にコスプレというものは、趣味で楽しむものだという認識で間違いない。しかし昨今では、そのコスプレで生計を立てている、いわゆる『プロコスプレイヤー』なる人々が存在するらしい。そして、彼らにお仕事を斡旋《あっせん》する事務所もちゃんとある。それこそお笑い芸人やアイドルと同じように、だ。

コスプレ事務所が登録コスプレイヤーたちに紹介する仕事とは、たとえば、文字通りの生ける等身大キャラとして、司会でステージを盛り上げたり、ファッションショーをしたりと多岐にわたる。仮装をして写真を撮られるのはもちろん、歌ったり踊ったりするのが得意なコスプレイヤーさんも存在するらしい。ゆえに事務所は、企業の「こういう人を探している」ニーズと、コスプレイヤーの「こんな仕事がしたい」希望をマッチングする、……と、そういうものなのだそうだ。

正直な話をすると、私はこのジャンルにおいては完全に門外漢で、就活戦線をともに切りぬけた薫に「こういうところに内定もらったよ」と嬉《うれ》しげに教えられた時、「え、大丈夫かな」といろいろな意味で心配してしまった。聞けば、比較的新興の業界だけに、企業には法外な高値でコスプレイヤーの紹介料をとるくせ、中抜きをごっそり奪って「公式の仕事をさせてやるだけありがたく思え」と言わんばかりに肝心のコスプレイヤーへのバックが少なかったりという、悪徳事務所もわんさか跳梁跋扈《ちょうりょうばっこ》しているらしい。その有象無象《うぞうむぞう》の中で「コスプレイヤーさんが安心して、趣味と両立させながらお仕事ができるように」という理念のもと設立されたのが、薫の勤める『ＣＰアテンドメイト』だそう。ゲームやアニメが好きで、在学中に同人活動なども嗜《たしな》みながらコスプレイヤーさんとも親交を深めることがあった薫は、当然そういう悪徳事務所の噂《うわさ》も耳にしていて、「なんとかしたいな」と考えていたと教えてくれた。

割とちゃらんぽらんに就活して、運よく内定をもらったところにのほほんと行かせていただいた私は、夢をきちんと見つけて実現への道筋を着々と歩んできたこの友人を非常に尊敬している。そして、志《こころざ》していただけあって、ＣＰアテンドメイトで念願かなって働き始めてこちら、薫はまさに八面六臂《はちめんろっぴ》の活躍をしているようなのだ。

SNSで何万、何十万のフォロワーを持つ有名なコスプレイヤーさんの登録をいくつもゲットし、大手ゲーム会社や名だたるアニメ会社と大口の契約を取り。なんといっても彼女の業績で一番輝かしいのは、事務所の看板として公式サイトのトップにも写真を掲載している、『よつば黒葉《くろは》』さんの登録だろう。顔は可愛《かわい》くてスタイル抜群、歌もうまく、トークまで面白い。ここ最近、某《ぼう》ドリンクメーカーの公式イメージモデルとして彗星《すいせい》のごとく現れてからというもの、爆発的に人気が出て、各種イベントで引っ張りだこどころかテレビにも映らない日はないレベルで登場するので、そのあたりに疎《うと》い私でも知っているほどの著名人だ。そのスカウトやらプロデュースやらを手がけたのが、なんと薫だというので、私のほうはもう「我が友ながらあっぱれなやつ」などと舌を巻くばかりである。

そんな敏腕マネージャーたる薫の指摘に、私はもう一口、やけに苦いビールを呷った。

「まったく薫の慧眼《けいがん》には御見《おみ》それするわー……うちの上司がねー、完璧にたらしこまれちゃってんの。下半身的な意味で」

「ホウ。たらし……ってまた、穏やかじゃないし生々しい話だねえ。ちなみにその上司ってどのポジ？」

「よりによって課長だよ、不道徳に縁があっちゃいけない、人事の監督責任者だろうがっつーの……。おまけに家に帰れば可愛い五歳の息子くんがいる身なのにね。かろうじて奥さんにはバレてないみたいだけど、時間の問題だと思う。っていうか、うちの課であの人らの不倫のことバレてないと思ってんの、課長と困ったちゃんだけだし。意味ありげに目配せし合ってたり、あからさまなボディタッチしてりゃ、誰でも気づくって」

「それはなんとも……気持ち悪いってか、胸の悪くなるような話だねえ……」

眉間《みけん》を揉《も》んで深くため息をつく私に、薫はさすがに表情を曇《くも》らせた。

けれど実際、まさにムナクソ悪いとしか言いようがないのである。私は、二回りも年下の若い女の子に好かれたことを自慢し、浮気を隠しもせず誇らしげに鼻の下を伸ばす我らがガス部門顧客情報管理課長と、くだんの後輩同僚の顔を思い浮かべていた。

そう、――問題の同僚こと、脇田亜美《あみ》さん。

本当に、あの人については……なんというか……残念極まりない。第一印象は、割と真面目そうに見えなくもない子だったんだけどな。……いや、どうだっけ。

私が大手インフラ会社であるこの東方電力に勤め始めたのは、およそ十年前。ついでに就職前に卒業したのは四年制の大学で、だからもう、私は三十二歳である。ちなみに、脇田さんが私のことを陰《かげ》で「アラフォーのおばさん」呼ばわりしているのも知っているが、あと三年すれば単なる事実なので、別にお好きにしなんせえ、と思っている。いや、実はあっちもさほど人のこと言えない歳なんだけどね……。うろ覚えの履歴書情報によれば、私とは二つ違いで、もう三十路《みそじ》突入じゃありませんでしたっけ、あなた。

まあ、些事はさておき。ありがたくも総合職で入社できた私は、以来ずっと営業畑に在籍し続け、今の顧客情報管理課に異動したのは去年の四月からだ。なじみある部署を離れるのは不安があったけれど、幸いにして水が合ったのか、一年経って仕事にも慣れてきた頃だった。――脇田さんが派遣社員としてうちに入ってきたのは。

小作りな顔立ちは素直に可愛らしいと感じたけれど、メイクをかなり盛っていて、元がどんな感じなのかはわからない。ちょっと幼くも見えるのは、目元を赤く塗ったり、ラメで涙袋を強調しているせいだろうか。くくりもせずに背に流した黒髪ロングのストレートに、ショッピングモールでよく見かけるブランドの、「私には一生縁がなさそうだな」と兼ねてから思っていたような、レースやフリルのふんだんについたワインレッドの丸襟《えり》ワンピース。舞妓《まいこ》さんかな？　という厚底のストラップつき黒パンプスに、白靴下。

服飾は個人の自由だからとやかく言うつもりはない、が。その一見清楚《せいそ》なようで、会社に来るにしては〝なんというか〟なファッションを最初に見た時、「うっ」と半歩引いたかといえば、正直その通りですと言わざるを得ない。容姿に関しては他にも、全体的に華奢《きゃしゃ》というか……いや、華奢というレベルでなく、二度見するくらい手も足もガリガリにやせていることや、紫の血管がくっきり透けるほど青白い肌色も、ちゃんと健康的な生活ができているのかと心配になった。極めつきに、何よりもぎょっとしてしまったのは、左手首に幾重にも巻かれた包帯である。白い布の端っこから飛び出すひきつれた傷痕――リストカットのためらい傷を、私は全力で見ないフリをした。

長袖《そで》で隠すわけでもない、むしろまるで見せつけるかのようなためらい傷の群れは、私には、正直「あたしに不用意なことをして何かがあった時に、あなたたち、わかってますよね？」と警告しているように見えた。

いやいや、彼女の過去に何があったかは知らないけれど、勤務態度とは別問題、つとめて気にはすまい――と、思っていたものの。私は総合職なので、職務ラインのチーフを任されており、派遣社員の脇田さんにとって、名目上は同僚ながら実態は上司というか、彼女に指示を出して仕事を振り分ける立場にある。

『……脇田さん、今月分の新規顧客データの打ち込み作業をお願いしたいんだけど』

『あたし派遣なんでぇ。お客様の重要な個人情報に関わるデータの処理ってぇ、あたしの仕事じゃないと思うんですけどぉ』

『いや、脇田さんの雇用契約書の文言に、顧客データの処理ってちゃんと入ってるから』

『でもぉ、データ処理業務としか書いてないですよねえ？　やっぱりぃ、あたしの仕事じゃないと思うんですけどぉ』

『……』

万事この調子なのだ。じゃあ何がお前の仕事なんだよとソフトな調子で確認したら、スマホから顔を上げもせずに一言『契約書に書いてあると思うんですけどぉ』……。ファーストコンタクトからこれだ。血管切れるかと思ったわ。

そう、──脇田さんは、何かと「それあたしの仕事じゃなくないですかぁ？」なスタンスで逃げようとし、勤務中に男性の同僚と雑談に明けくれたり、ずっとスマホをいじっていたり。ここまでのタイムロスでも正直しんどいのだけれども、どうにか説き伏せて仕事をしてもらっても、ボーっとしてミスを繰り返し、さりとて反省せず。

用事のために話しかけるたび、不機嫌にブスくれた表情になる脇田さんに、私はもう、ほとほと手を焼いていた。「コイツ、次の更新では絶対切ってもらおう……絶対だ……」な現在のお気持ちを、この場を借りて改めて表明したいところである。

「だいたいなんであの人あんなに毎度眠そうなの……就業中、スマホ見てない時は、いっつも隣でうつらうつら船こいでるよ。仕事上がりになんか手間のかかる趣味でも持ってんのかな。そうだとしたら、業務に影響するほど疲れを持ち越さないでほしいんだけど」

「なんだろねえ……うーん」

「あと、男性の社員とかに話しかける時は、聞こえよがしに私の悪口言ってんの気づいてるからな！」

「うわ、最低だね困ったちゃん」

「ほんとね！　おかげでストレスが溜まって溜まって、もう肉を食べるしかない。タン塩追加していい？　あと上ロース焼きしゃぶ」

「食べな食べな。でも多恵、また白米食べないんだねえ。そのお肉絶対主義、いつものことながらやばいなぁ」

「ほっといて……」

　焼き上がったタン塩をぎゅうぎゅう口に詰めていると、カルビの三種盛りが運ばれてくる。食べ放題の焼き肉屋さんって、好きな順番で好きな物焼いていいから気楽でいい。肉への飢《う》えは肉でしか癒《いや》せない！　といつもサンチュとビールの他は肉しか口に入れない私に、毎度付き合ってくれる薫は、飽きもせずドン引きリアクションしてくれる。

　ハラミとホルモンは時間をかけてじっくり焼く派なので、とろ火に弱めて網に並べながら、私はふと申し訳なくなってきた。

「って、ごめんね薫、私ばっかりしゃべり散らして」

「いいよお、そこは気にしないで。あ、でもちょっとだけわたしの話もしていい？」

「もちろん！　……何かあったの？」

「いやね、たいしたことじゃないんだけどねえ……」

そう言いながら薫がスマホを取り出して見せてくれたのは。

「なにこれ。匿名《とくめい》掲示板？　えっ、薫のフルネームが書き込まれてる、しかもすごい悪口も……なんで⁉」

薫の相談は深刻だった。「最近、名指しで匿名掲示板にヘンな書き込みをされている」という内容だったのだ。私が見せてもらった部分だけでも、「ここの事務所は、特定の登録コスプレイヤーにだけあからさまなえこひいきをしていて、さほどでもないレイヤーにはつらくあたる」や「とくに暴言が多いマネージャーが佐野って女」という、ひどい誹謗《ひぼう》中傷《ちゅうしょう》であふれていた。けれど、そこには「暴言」と書かれているだけで、具体的にどんな暴言を放ったのかは一切書かれていないのである。

「いったい、こんな嫌がらせなんて誰が……」

私は奥歯を噛み締める。薫は妊娠中で、ただでさえストレスに過敏な時期。余計な負担をかけないでほしいのに。

「これ、所長さんはなんて言ってるの……？」

「とりあえず様子見だって。一応、犯人が誰なのかおおよその目星はついてるんだけど、下手に刺激するとどうなるかわからないから」

「犯人？」

「私の担当しているコスプレイヤーさん」

「……え」

「どの人なのかは、ちょっとさすがに言えないけど……。元々は、それなりにフォロワーもいる人気レイヤーさんだったんだけど。トラブルを起こしちゃってね」

「トラブル？」

　首を傾げる私に、薫は「トラブルというかスキャンダルというか、うちの業界の闇《やみ》深いところでもあるんだけど」と言いにくそうに唇を曲げた。

「魔が差しちゃったんだろうねえ。……早い話、同じ仕事を巡る競合相手だった他のレイヤーさんに、悪質な妨害行為やらかしたんだわあ」

　なんでも。

　コスプレ写真というものは、人にもよるそうだけれど、様々なエフェクトをかけて見栄えを整えることが多いらしい。修正前の写真は、いわば未完成作品のようなもので、流出するのを嫌がる人が多い。しかし、とある大企業から「我が社のイメージキャラクターになってくれる子を探している」というオファーがＣＰアテンドメイトに舞いこみ、推薦リストに自分の名前も挙がっていることを知ったそのコスプレイヤーさんは、気持ちが逸《はや》ったあまりとんでもない暴挙に出た。匿名掲示板に、とある有力候補者の修正前写真を無断でアップしたのだ。

「企業公式のコスプレイヤーとして専属採用されるのは割とレアなことで、おまけに会社も……その、かなり大きいところだったから、一種の登竜門でもあったの。年齢条件がギリギリだったせいもあって、よっぽどライバルの足を引っ張りたかったようなんだけど、撮影の状況とかで、あっさり犯人が露見しちゃって。嫌がらせを受けた競合相手の温情で、どうにか公《おおやけ》にはならずに済んだんだけど。しかも、逆にその相手の子のほうが『修正なしでも十分可愛いんじゃ？』みたいに評判になって、肝心の仕事も結局そっちの子が選ばれて、問題の子は完全に裏目に出たというか」

「あちゃあ……それは……傍《はた》から聞いていればスカッとする話だけど、当事者は……」

「極めつきに競合相手の子はその時のプロモーションがうまくいって、めちゃくちゃ人気が出て、ＳＮＳのフォロワー数も爆発的に伸び、うち出身の有名コスプレイヤーになった、と」

そこまで聞いた私はピンときた。

「ねえ、その相手のコスプレイヤーさんって、ひょっとしてよつば黒葉さん……」

「ごめん察して」

即座に遮《さえぎ》られたので、私は慌てて「いやこっちこそごめん」と手を振った。薫は申し訳なさそうに眉尻を下げたものの、気を取り直したように話を続ける。

「あの子、相当悔しかったみたいで。……急に人柄が変わっちゃったみたいになってね」

おまけに、修正前写真を嫌がらせで流出させた件は、一般にこそ伝わらなかったものの、企業同士の横のつながりで噂が広がってしまったらしく、問題を起こしたレイヤーさんは仕事が激減。さらには、「数人集めたいが、あの子だけは外してメンツを組んでほしい」なんていう条件つきの依頼までくるようになった。

「ネガティブなことあんまり言いたくないけどさあ。コスプレ業界って、結構ややこしいところなんだよねえ。特にアマチュアの一部の人たちにとって、自己解釈で肌の露出多めに改変した衣装を使ったり、本来のキャラクターイメージとは違うあざとい演出で人気取りするようなプロのレイヤーって、『原作をないがしろにしてる』鼻つまみモノだったりするし。その点、よつば黒葉さんは原作リスペクトも上手《うま》くやっているけど、その子は……」

「あー……元から割と反感買いやすい人だった、と？」

「まあ、平たく言うとそうだねえ。でも、そのへんにも本人は無自覚だったわけ。そこにきてこのトラブルなもんだから……なんていうか、うん」

薫は寂しそうに微笑《ほほえ》み、「注意したら、全部私のせいだって。無断アップがバレた時に私がうまくフォローできていたら、ヒットしてたのは自分だったはずなのに、って言われちゃった」とこぼした。……なんていう名前のコスプレイヤーさんなのかは知らないけれど、何を言っているんだという話だ。

「そんなの薫が決められることでもなければ、そもそもひどい嫌がらせしてズルしようとしたのは自分じゃん。周りの空気に鈍感だったのも。つまり自業自得でしょ。人に迷惑をかけておきながら、逆恨みにも程がない⁉」

「まあそうなんだけどねえ。人生うまくいかないものだねえ」

ＣＰアテンドメイトのいちマネージャーとしては、レイヤーさんみんなに売れてほしいし頑張ってほしいものなんだけどねえ、と、薫は視線を落として呟《つぶや》く。その先にある網の上では、焼きすぎたホルモンが黒く炭化しかけていた。

＊

とかく生きにくい世の中だ。

たとえば、人から評価される優秀な人というものが、ちゃんと優秀でいられるためには、周りの環境が整っていることが必須の条件ではないだろうか。要するに、〝出来がいい〟ということは、〝運がいい〟ということでもある。

確かに、その人自身だって頑張っているかもしれない。けれど、──たとえばやったことを素直に「すごいね」って言ってくれる人が周囲にたくさんいたりとか、助けを求めた時にすぐにレスポンスをもらえたりとか、ミスした時にフォローを適切にしてくれる人がいたりとか……往々にしてそういう幸運の積み重ねで、みんな成功していくものだ。

そう、運が良ければ。逆にいえば、持って生まれた運がないと、誰しも簡単にどうにもならなくなってしまうということ。うまくいった人は、ちゃんとそういうのに恵まれた星の下に生まれているんだと、いつも実感する。……実感しては、苦しくなる。

さて。話変わって──世の中には、きんきんと頭に響く声って、あると思う。誰が聞いても不快になるような音域といえばピンとくるだろうか。あたしの隣にいる矢作さん……いや、矢作って人の声は、まさにそれだ。

──脇田さん、不要な残業は控えてください。

──脇田さん、この仕事は昨日までです。作業の進捗はちゃんと共有をお願いします！

あたしだって、好きで残業しているんじゃない。仕事が終わらなくて、結果的に残業せざるを得ないだけだ。あたしだって、ちゃんとどこまで進んだのか、仕事のことをよく知っている先輩と逐一共有したい。あたしだって。……それらすべてができる環境ならば、どんなにか。

一つ一つだけ拾えばどんなに簡単な業務でも、数がかさめば時間もかかるし、何より頭の中がしっちゃかめっちゃかになる。資料百部の両面コピーとホチキス製本をしながら、顧客数の推移グラフを作って、データの打ち込み作業をするなんてできるわけがない。あたしは一人しかいないのに、いっぺんになんでもかんでも言われたら、キャパオーバーもいいところだ。「あたし、聖徳太子《しょうとくたいし》じゃなくてごめんね」とか、「あなたも一気に全部やってみるといいよ」と皮肉の一つも言いたくなってしまう。

第一、報告するのがあたしの仕事なら、報告しやすい環境を作るのは、あなたの仕事じゃないのか。あなたが滞《とどこお》りなく仕事ができているのは、あたしが、あなたのしていない雑務をやっているからだ。そんな当たり前のことも、きっとあの人はわかっていない。

……考えたこともないんだろうな。終わらない仕事と治らない頭痛に独りで悩まされている間じゅう、後ろの他部署での何げないやりとりが聞こえてきて、胸がぎゅっと詰まるような思いをしていた、あたしのことなんて。

それは本当に、なんてことない先輩後輩の会話だったのだけれど。

『大丈夫？　わからないところがあったら遠慮なく言ってくれていいからね！』

『はい。じゃあさっそくすみません、ここいいですか？』

『あはは、もちろん』

……なんてことないからこそ、そこにはひとかけらの嫌味も皮肉もなく。それはあたしが喉《のど》から手が出るほどに欲した、ごくごく一般的で、当たり前の応酬だった。

──マニュアルお渡ししましたよね。

──隣の席なのに。

あたしが実際にかけられた言葉たちとの、圧倒的な隔たり。あたしも、……あたしだって、そんな風に案じてほしかった。特別にいたわってほしいわけじゃない、ただ、普通の先輩であってほしかった。そんなこもごもの感情の嵐を、あたしは俯《うつむ》いたまま呑《の》み込んだ。彼女にはきっと何を言っても無駄なんだろうな、とわかってしまったからだ。

お世辞にも聞きやすいとは言えない声でけたたましく連呼されるあたしの名前そのものにも、正直、気力をそがれてしまう。なぜならあたしには、脇田亜美なんていう素っ気ない本名だけじゃなくて。華坂《はなさか》カレンっていう、ちゃんと自分で考えたコスネームがあるからだ。

矢作多恵。あたしはあんたとは違う。コスプレイヤーなのだ。それも、単なる「着ただけ」の無名アマチュアではない。ＳＮＳではフォロワー数が千を超え、企業の公式イベントにも出たことのあるプロ。それに、まだ二十代前半と間違われるくらい若い。あたしは

──特別なのだ。

そう、あたしは兼業のプロコスプレイヤー。それもあの、最近メキメキと業績を伸ばしている新進気鋭の事務所、ＣＰアテンドメイトに登録できている。

ひとたびイベントに出ることになれば、目が回るほど忙しい。平日の退勤後から電車を乗り継いで手芸店や布地屋をめぐり、使えそうな素材を血眼《ちまなこ》になって探しに行く。眠い目を擦《こす》りながら夜明けまでミシンを鳴らして製作に励み、朝になったら身体《からだ》に染みついた工作用ボンドのにおいを洗い流すのに苦労する。それに、女性キャラメインのあたしにとって、ほっそりした手足やくびれた腰、小さな顔は必須のもの。貯蓄がないことも手伝って、太らないよう毎食豆腐やバナナばかり食べている。色白であれば、色素の薄いキャラはもちろん、ドーランを塗ることで色黒キャラにだって変身できる。だから日焼けもしないよう、常に細心の注意を払う。

そして、休日。休日こそが、あたしたちレイヤーにとってはお仕事の真骨頂だ。コスイベントには、あたしの登場を今か今かと待ち望んでいるカメコたちが群れを成している。前夜のＳＮＳ個人ページは、「カレンさんの新作コス楽しみです」「絶対会いに行きます」「前乗りして待ってます。私服も可愛いから楽しみです」のメッセージであふれる。コメントをもらうのは嬉しいけれど、リプライをつけなければいけないのはおっくうだ。時には、あたしたちレイヤーが衣装やメイクどころか肌の白さや体形維持にすらどれだけ気を使っているのかなんて、何一つ考えずのんきに過ごしておきながら、あたしたちの血と汗と涙の結晶を、使い捨てみたいに消費していく企業様方やフォロワーさんたちが憎くなる瞬間もある。

　呼ばれるのは近くのイベントとは限らないし、イベントがない時でも、遠征してあわせの撮影に挑むこともある。ある時、交流のあるカメコたちと、雰囲気がある神社で撮影会をしたことがあった。連絡係の人が事前に神社の許可が取れなかったとかで、仕方なくゲリラ撮影になったせいで、神職らしき人にすぐ追い払われてしまったけれど。周辺は観光地だったから、余った時間でなんとなく自分用にお土産《みやげ》を買った。可愛い和柄のアクリルストラップ。でも、途中で切り上げさせられたからあまりいい写真が撮れなかったことと、コスプレの小物に使う以外で散財してしまった負い目があって、これを見るたびに少しだけ苦い気持ちになる。だというのに、こういうものに限って、あの矢作は「可愛いストラップですね、ひょっとしてあの辺の観光地で買ったんですか?」なんて、わざとらしく会話のきっかけと言わんばかりに尋ねてくるのだ。あれは最高に苛立《いらだ》ったたし吐き気がした。あたしは仕事だったのだ。物見遊山でしか行ったことのない、あんたと一緒にしないでほしい。

……けれどあたしは、レイヤーとしても決して幸運な星のもとに生まれついたわけではなかった。何十万とフォロワーがいて、羽振りのいい企業の公式コスプレイヤーとしての地位をちゃんと得た人ならば、計上された予算で常に衣装を一式揃《そろ》えてもらったり、費用会社持ちでイベント遠征したりなんてザラだし、ひょっとしたら時にはエステや美容院にすら手当てが出るのかもしれない。あたしは違った。あたしに回ってくる仕事は、なぜか決まって、遠くまで行く交通費や宿泊費も、目の玉が飛び出るほど高い衣装代も、すべて自前だった。仕事にすらお金がかかるのだ。つくづくこの世の中は、生きているだけでもお金がかかる。

おまけに、出費がかさむのは、コスプレの仕事ばかりではないところが問題である。東方電力でも同じく、何かあるたびに、あたしは自腹を切らなければならなかった。我が身を削って仕事に必要なものを買い集めるあたしに、見かねた課長が「経費で落としたらどうか」と勧めてくれたおかげで、今は少しだけ負担は軽くなっている。それにしたって、ちゃんと厳選しているのに、またあの矢作が口をはさんでくるのだ。

あの人、どうして、いつもあたしのことだけ信じてくれないんだろう。どうしてあたしにだけ、あんなにきつく当たってくるのか、まったくわからないけれど、仕事に使ったお金まで疑われるのは、すごく悲しい。そして、経費で落ちなかったせいで、あたしのお財布から結局お金が出ていくことになる。

我慢して黙っているのはこらえきれなくて、派遣仲間にはついつい愚痴ってしまいがちになる。聞いて楽しい話でもないだろうに、みんなとても優しくて、あたしに同意し、あいつの横暴ぶりに同じ怒りを覚え、最近では共同戦線を張ってくれるようにもなった。おかげで矢作は少しだけ仕事がやりにくそうだ。なんだか悪い気もするけれど、やっぱり気の毒だなんてとても思えない。なんなら、いい気味だ、自業自得だって、そんな風にすら感じてしまう。それに、みんながあたしの味方をしてくれているということは、それだけあたしが正しいということ。

あたしは、……正しいのに。

どうしてこんなに行き詰まっているのだろう？　あたしは十分頑張っている。だから、あたしが悪いわけじゃないはず。それなのに毎日毎日、面白くもない顧客データの打ち込み業務ばっかりさせられ、高くもない給料でこき使われて。

どうしてこんな世の中なのだろう？　成功しているのはずるくて性格の悪い幸運なやつらだけじゃないのだろうか？　心に黒くて苦しいものがどんどん溜め込まれていく。そうすると、また手首を切りたくなってしまう。その繰り返し。

あの人もだし、他の人たちも恵まれている。誰も彼もが、みんなうらやましい。お金も、生き方も、人間関係も、……潤沢に何もかもを与えられすぎている。口を開けているだけで滴《したた》り落ちてくる甘い蜜《みつ》を、まるでなんでもないような様子でペロリと飲み干したり、輝かしいスポットライトを浴びているくせに、妙に不幸なそぶりをしたりする。

でも、それって正しいことなのか、……すごく不思議。どうして恵まれている人たちは、もっともっとと多くを望むのに、あたしたちみたいな人間の存在は、まるで最初からないもののように無視して、目もくれないんだろう。

いったい、誰のせい？　どうして誰もあたしを助けてくれないんだろうか。それなのにどうして、──あいつは、あいつらは、あたしより成功しているんだろう！

真実の姿が浮き彫りになり、なんだか目の前の霧が晴れていく心地がした。

これまであたしはずっと、自分がぐずだからいけないんだ、苦しいのは自己責任だと、自分ばかりを責めて生きてきた気がする。でも、それは違う。あたしがこんなに不当に苦しめられているのは、あたしが成功できない環境に置かれているからだ。

そうだ。もう、あたしはわかってしまった。気づいてしまった。あたしが幸せになれないのは、あたしの代わりに、あたしが受け取るべき栄光と幸運を、卑怯《ひきょう》にも横からかすめとっている誰かがいるせいに違いないのだと。

＊

流行《はや》りのライフハックとやらでもなんでもないんだけど。

自分が、とある相手に対して、悪感情を持っているか否《いな》か。それを確かめるには、仕事中にその人のネイルを見て、どんな気持ちが湧き起こるかで判断できると思う。とりあえず対象が限定される、とはいえ。

盛られたジェルやビーズパーツを見て「わあ、可愛い！」と素直に思えるなら、きっと自分は心からその人が好き。「ケバいな、仕事する気あんのかよ」とか「長くて邪魔だろ、切れれば」と真っ先に思うなら、嫌いで気に食わない、でまず間違いない。

――などと、長く伸ばした爪を〝毒々しい〟ネイルアートで彩り、危なげもなく器用にシュッシュッとスマホをいじっている脇田さんを見ながら、「ああ、私はつくづくこの人が嫌いなんだろうな……」と実感する。

だって、アリスモチーフって。レースで猫でピンクで水色でハートですか。これが他の人がつけているのだったら、たとえ同年齢や年上の人であっても「わあ可愛い！　凝《こ》ってますね」になるのだろうけど、今は「色が人体にないものばかりで気持ち悪い」とか「年《とし》甲斐《がい》もない」と思ってしまう。

それにしても、……ネイルの他にも、エステにも行っていると聞いたけれど。お金のほうは大丈夫なんだろうか、と他人事《ひとごと》ながら多少心配にはなる。脇田さん、よく他の派遣さんたちに、「コスメ代が高くついて貯金が底を尽きかけ、次のクレジットカードの引き落としが危ない」とか、「折り合いの悪い親には、さっさと結婚して出て行けと言われながら実家暮らしをしている」とか、大きな声で愚痴を言っているのが聞こえてくるのだ。

……あとはまあ、意地悪なこの思考に、若干《じゃっかん》の言い訳が許されるなら。先日の「会議資料の作成を放置されました案件」の後、私も反省したのだ。正直、脇田さんのことは苦手そのものだったし、それを態度に出しすぎて、彼女にとって必要なことまで話しかけづらい雰囲気を作ってしまったのではないか、……などと。それは申し訳ないし駄目だよな、と。だから、まずは日常のなんでもないところから打ち解けやすい空気を作るべく、私は先だって、彼女のストラップのことをちょっと話題に出してみた。

『脇田さんのスマホについてる、アクリルストラップ可愛いですね。それ売ってるの、あの辺の観光地とかですか？』

『はぁ？　で？』

顔をしかめ、あからさまにうっとうしそうに返されては、湧きかけた慈悲なんて軽く吹っ飛ぶというものだろう。疑問に疑問で返すどころか、「はぁ？」と「で？」のコンボ技なんて、ドラマの悪役以外で初めて聞いたわ。はい、それも言い訳なんですけどね！

しかし、なんにつけても嫌な思い出がよみがえるあたり、我ながらなかなか腹に据えかねているのを実感する。……ちょっと落ち着かねば。諸々の記憶を脳みその隅《すみ》っこに押し込めつつ、隣の席の脇田さんのアリスネイルからしいて視線を引きはがし、私は笑顔を取り繕《つくろ》うと、大きく息を吸い込んだ。よし。

「脇田さん、ちょっといい？」

意を決して話しかけたが、脇田さんはスマホから目を離す様子はない。……この時点で、だいぶやる気が失せる。が、そうも言っていられないので、改めて私はちょっと大きな声を出した。

「脇田さん！」

「聞こえてますけどぉ」

ははあ、さようでしたかぁ。じゃ、返事してくれ。という至極当たり前の文句を、「せめて顔を上げてくれる？」とそこそこトゲの残った言い方に修正しつつ、私は口角を保った。

「これ。……日曜日にガス展のイベント手伝いに行った時の、レシート出してくれてたと思うんだけど」

「……それ、イベントのために使うから、立て替えで買ったんですけどぉ」

「ボールペンは……、筆記用具は持参するようにって通達があったのに持っていってないことを置いておけば、百歩譲るとして。お菓子とかガムのレシートと一緒になってたよ。それからタクシー代も、特にタクシー使う距離じゃないのに出てるし。何よりイベントの現場責任者から、経費で落とす事前許可は特に出してないっていうから、そういうのは、最初に相談してからでないと……」

「ええ？　じゃあ持ち出しなんですか？」

「この場合はそうなるね。用途も書かれてないし」

「はぁ……めんどくさぁ」

脇田さんは聞こえよがしにため息をつき、それから今度はこれ見よがしに手首を掻《か》き毟《むし》ってみせた。まるで、「あなたのせいでまた手首を切りそうだ」とでも言わんばかりの様子に、ため息をつきたいのはこっちだと返したくなる。個人的には、お好きに野菜のごとくざくざく切っていただいて構わないのだが、そうすると今度は課全体の責任問題にもつながってくるのだ。

それに。

じっとその挙動を見つめる私をジロリと睨むと、脇田さんは「わかりましたァ」とざらついた声音《こわね》で言って、示されたレシートの束を毟るように受け取って席を立った。どこに行くかと思えば……やはり、課長のところか。

「あのぉ、中野《なかの》課長。ちょっといいですぅ？」

「ああ、どうしたんだい脇田くん」

「コレぇ、相談したくて」

そのまま連れ立って、パーテーションで区切られた奥の給湯スペースに行くから何かと思えば、二人とももの数分で出てきた。そして、脇田さんはなんでもない様子で席に戻って再びスマホに釘付けになり、今度は課長に私が「矢作くん、ちょっと」と手招きされる。なんにつけても優柔不断で、おまけに派遣の脇田さんに下半身を握られて言いなりになっている、ちょっと生え際が撤退戦をしいられているやせぎすのオッサンこと中野課長が、私ははっきり言って苦手だ。

「さっき、脇田くんから必要雑費についてのレシートの件を報告受けたんだけど」

「……はい」

「イベントのほうとは、うちの予算から出すように僕のほうで話つけとくから、経費で落とすよう処理しといてくれる？」

「え……全部、……ですか？」

用途不明のタクシーやランチ代、おやつ代や本当に使ったかどうかも怪しい文具類も、ですか。

「すみません中野課長。正直私、経理に説明する自信ないです」

「なんか言われたら僕に振ってくれたらいいから。他に疑問があったら、別の人じゃなく僕に確認して。じゃ、そういうことで書類提出よろしく」

その取り次ぎやらなにやらは、全部私がさせられるんですよね……？　そんなことより、他の社員にはどう示しをつけるつもりなのだろうか。まさか全員のおやつ代を経費で落とすおつもりではありませんよね。

雑に締めくくると、中野課長はさっさと背を向けて席に戻ってしまう。おいおい、大丈夫なのか会社のカネだぞ。いや大丈夫なわけがない、露骨にアウトだ。

さすがに部長に報告しようか……と迷ったものの。

経理に問題のレシートを出すより前に、ちょっとそれどころではない事態が発生した。

今度は部長から呼び出しを受けたその課長が——シーズンでもないのに、急な異動を命じられたのである。

「というわけで、本日付でガス部門顧客情報管理課に異動になりました、妹尾《せのお》です。みなさんよろしくお願いします」

　経理部にくだんのレシートを提出もしないうちに、前の中野課長とは泣き別れになってしまった。いや、泣き別れとは言ったものの特に涙もへったくれもなく、どちらかというと最近は不倫上司という印象しかなかったから、異動そのものはまったく構わないどころか逆にありがたいくらいなのだけれど。おまけに異動先を聞けば、どことは言わないけれど、実質的に左遷《させん》にほかならない部署だった。あの人、いったい何をやらかしたんだろうか……。

　新しい課長は、前の課長と同じ四十代半ばだそうだけれど、やせぎすで髪の少ない前課長とはかなり対極にあるような人だった。ふくふくしいほど恰幅《かっぷく》がよく、どことなく余裕があって、ついでに毛髪資源も潤沢である。きっちり皺《しわ》なく着こなした三つ揃えのスーツが、彼の仕事への熱意を語っているようだ。

「前課長のことはいろいろ聞いています」

　オフィスの前に立って部長から紹介されながら、ニッコリと人の好《よ》さそうな笑顔を浮かべて、妹尾課長は私たちを見回した。

「もし何か仕事での悩み事や困り事があったら、気軽に相談してください。ぶっちゃけると僕は、上からここの風通しを良くするよう命じられて来ました。問題を先延ばしにすると、今度は僕が叱られて困ったことになります。なので、助けると思ってなんでも言ってくださいね！」

よく通る低い声で宣言された時、私を含む大体の人間は「ああ、これはきっと前課長の不倫のことを言っている」と納得した。ただ一人、――脇田さんを除いては。

*

肝《きも》の太さはある意味見習いたいところだけれど、妹尾課長が就任したその日の昼休み、脇田さんはさっそく彼のデスクに話しかけに行っていた。

「あの、妹尾課長。ちょっといいですかぁ？」

「ええと、脇田くん……だっけ。何かあった？」

上目遣いに猫撫で声、いつも通りのフェミニンな服装。ストレートの長い黒髪を指先でいじる仕草つきで作り込まれた脇田さんの媚《こ》びに、「もうターゲットを妹尾課長に変更したのか！」と切り替えの速さにびっくりする。その職場で一番声が大きく、力を持つ人間に取り入り、立場を確保してから好き放題に振る舞う。それが、彼女の基本戦略であるようだ。

「朝礼でぇ、困ったことがあったらなんでもって……」

「あ、その件だけど、ごめん、今からは先約があってね」

しかし、そんなあからさまな誘いかけをさくっと断るや否や、課長はやおら席を立ち、ズンズンと歩いてくると、「矢作さん、ちょっといい？」といきなり私に声をかけた。こちらとしては、「まさか話しかけられると思いませんでした！」状態で、なんなら今日のお昼はどこに行こうかななんて呑気《のんき》な考え事をしていたもので、寝耳に水どころではない。

「ハァい⁉」

若干裏返った声で返事をした私に、課長は「この辺でうまい店知ってる？　僕、支社から戻ってきたもんで、この辺で昼飯食える店すっかり忘れちゃってて」とさらに意味不明な尋ね事をした。いかにも徳がありそうなつやつやとした顔は、まるで恵比寿《えびす》様のように優しげだが。な、なぜ私に訊くの……！

なお、華麗《かれい》に存在を無視された脇田さんが、そのかたわらで目を白黒させていた。

「いやーごめんね、急に誘っちゃって。本当は勤務時間中に話せたらよかったんだけど、いきなり会議室借りて個別面談ってのも緊張するかと思って！」

おっかなびっくり「お口に合うかはわかりませんが……」と前置きしつつ選んだカレー屋は、皮つきの揚げジャガイモがルーと別添えで出てくることで有名な人気店である。いつも満員で店先に人が並んでいるのを向かう途中で思い出し、下手を打ったかとドキドキしたが、幸い今日は空いていてすぐに入れた。

「女房以外の人が作ってくれたカレー食べるの久しぶりだなぁ、いやーいい匂いだねぇ！」

「は、はい」

「あっ、それひょっとしてお守り？　珍しいね、どこの神社？」

どうしたものかとうろたえていると、雑談がてら、スマホにぶら下げていた朱色のお守りを指さされて意外そうに眉を上げられる。ずいぶん前に姉にもらったもので、このところつけていることすら失念していたので、私はその存在を思い出すまでに数秒を要した。

「えっと、どこのだったかな……」

裏に書いてあった神社の名前を伝えると、課長は「初めて聞く名前だなあ、それにしても近ごろのお守りってのも、昔ながらのデザインなんだね」と大げさに驚いてみせた。

自分で詣《もう》でていただいてきたものでもないうえに、そのお守りを姉がくれた理由というのが、「厄介なデートDVを働く元カレとなかなか別れられずにこじれていたから」というひどいものだったので、そのあたりの諸々を思い出した私はちょっとしょっぱい気持ちになった。仕方なく、店内の様子や頼んだメニューなど、別のことに意識を向けて気を紛らわすことにする。

　重厚な木造りのテーブルセットが、いかにも昔ながらのレストランらしい雰囲気を醸《かも》し出しているここは、実際に結構な老舗《しにせ》なので、「この辺が〝久しぶり〟だから店を忘れていた」という課長の期待に添えるか不安ではあった。

　が、しかし——ランチが単なる口実だとは、さすがに私も気づいている。あんなにあからさまならば、なおさらだ。

「さて、と。なんで今日、矢作くんを誘ったかって理由についてなんだけど。……どこからどう話したものかな？」

　おいしそうなスパイスの匂いが漂う店内で、カレーが運ばれてくるまでの間。妹尾課長は顎《あご》をさすりながら、私に言うともなく呟いている。

「その件ですが、妹尾課長……ええと。脇田さんの普段の勤務態度についてお話ししたらいいですか？」

　私は思い切って、自分から妹尾課長に切り出した。

「話が早くて助かるよ！」

　その途端、妹尾課長は、相変わらずニコニコと相好《そうごう》を崩したまま、大きく頷く。これは、……かなり食えないお人と見た。瞬時にその性質を悟った私は、本当のところを話すべきかかなり迷った。

脇田さんは、洒落《しゃれ》にもできないくらい〝お話にならない〟人だ。呑み込みが遅いとか要領が悪いとかではなく、そもそも仕事というものをしようとしない。彼女が手首の傷、あるいは前課長との親密な関係を盾《たて》に、いろいろな意味で不当な利益を得ていたことは、単なる事実だけれど。それを素直にここで言っていいものだろうか。逆に、派遣社員にきちんと業務をこなしてもらえていない私の管理能力不足を問われたりするのでは……と縮こまっていると、妹尾課長は「ふふふ」と笑みを深めた。

「ひょっとして僕、へんに警戒されちゃってるかな？　とか」

「うっ、ごふっ」

お冷やを飲んで時間を稼いでいたところ、ものの見事に図星をつかれて私はむせかけた。心臓に悪い。

「それだったら心配ないよ。さすがに中野くんが味方をしていた相手になかなか強く出られなかっただろうと、僕でも簡単に想像がつくし。何より、普段から君はよく頑張ってくれているって部長からも聞いているしね」

「は、はあ……」

とりあえず紙ナプキンで口元を押さえつつ、まだ警戒を解ききれずに慎重に頷く私に、妹尾課長はこんな風に教えてくれた。

「よりによって脇田さん、同じフロアにいる派遣やアルバイトの仲間に、君の悪口を流して回っているみたいなんだよねえ。で、仕事を妨害するよう煽《あお》ってもいたとかで」

「……知ってます」

最近、バイトさんたちが、私が頼み事をする時にだけ妙に態度が冷たいなと思っていたのだ。けれど、特に仲が良かった子が、こっそりと教えてくれた。脇田さんが、あることないこと、私の良くない噂を他の人たちに吹き込んでいると。そして、異動していった中野前課長と懇意にしていた彼女を敵に回すのが気味悪くて、他の人たちは私を避けるようになってしまったことも。

「正直、とても困っています。彼女との個人的な関係で済むなら、それは私だけの問題なのですが。円滑な業務の遂行に支障をきたすとなると……」

まるで密告しているよう――というより密告そのものなので、私は目を逸《そ》らした。そして、自身の進退がどうのというよりも、こういう話をしたくなかったのだろうな、と先ほどまで感じていた気まずさの真の理由に気づく。そう、苦手なのだ。こんな陰口みたいなことをしたいわけではない。

「うーん」

妹尾課長は視線を巡らせると、腕を組んで対策を考えこむような仕草をした。――が。

「それじゃあ矢作さん。一度、脇田さんの業務における不審点をレポートにまとめてみてくれる？」

「えっ？」

「ぶっちゃけ掃いて捨てるほどあるでしょ。期日を早めて彼女を解雇できるくらいには」

変わらない柔和な笑顔で告げられた言葉に、私はぎょっとする。

「脇田さんね、さっそく僕に秋波《しゅうは》送ってきたよね。どういう意味を含んでいるか、だいたいの人間が気づくくらいにわかりやすいヤツを。たぶん、次の寄生先にするつもりなんだろうなあ。心外だなあ。こっちには命よりも大事な可愛い妻と子どもがいるのになあ」

「えっと……ありていにお尋ねしていいものか迷いどころなんですけれど、もしかしなくても妹尾課長は、中野前課長と脇田さんの関係を……ご、ご存じだったり、とか……」

「うん。言葉を濁《にご》さなくて平気だよ、僕も朝礼の時ににおわせたとおりだからさ。知ってるどころか、もう他所の部署でさえ、かーなーり有名な話なんだってば。んで、中野くんがああして飛ばされたらさ、今度は脇田さんのアプローチがさっそくこっちに来るわけじゃない。ほんと、セオリー通りの展開でびっくりしたのなんの」

「……」

「とある人事を左右する管理職が、不倫相手の派遣社員に、その立場を利用して不当に便宜を図ってたっていうと……さて。矢作さんにクイズです。会社はこれを、どういう風に判断するでしょう」

この人は、脇田さんの本質を見抜いている。というか、言いようからして、そのためにここに来たのだろう。一度雇った人間というものは、いかに派遣社員とはいえ、契約を途中で打ち切って出て行ってもらうには相当のエネルギーと覚悟が要る。けれど、中野前課長と脇田さんにまつわる〝社内に知れ渡った〟不祥事は、――これを見過ごしてしまえば、いわば不道徳を是《ぜ》とする社風であると喧伝《けんでん》しているようなもので――本人たちも知らないうちに、会社にとって重大な懸念事項になってしまっていた、ということだ。

だからこそ中野前課長は鄙《ひな》びた部署に急遽飛ばされ、脇田さんにはこうして会社の選んだ介錯人《かいしゃくにん》がつけられた。派遣契約の満期を待つまでもなく、見せしめとして詰腹を切らせるために。

ごく、と唾《つば》を嚥下する私の前で、運ばれてきたカレーを示して、彼は「さあ食べよっか！」と明るく誘ってくれた。手に取ったスプーンで、要らないことを示すように、福神漬を白米から遠ざけながら。

「僕はこの会社の人事に関わる人間として、矢作くんのことは育成する義務があるけど、脇田くんはそうじゃないからねえ」

「……」

さっそくこの人の黒い一面を見てしまった。私は頷きながら、深皿の端へと遠ざけられた毒々しい赤の福神漬から目を離せないでいた。

*

今日はとても嫌なことがあった。

何をしても気分が上がらないので、会社帰りにネイルサロンに寄ってパールビーズ特乗せコースにしてやった。何が変わるわけでもないけれど、爪を飾るのはあたしの戦闘スタイルだ。気合を入れたいここぞって時は、ネイルを盛るに限る。

それにしても解せない。どうして？　あたしが解雇？　しかもこの月末で？　とりあえずは次の三月末までは雇ってもらえるって契約じゃありませんでしたっけ。なんで期日早まった？　ここに勤める意味とか、安定していて解雇がないってこと以外特にないんですけど？

っていうか、あのオッサン。前の課長、中野。せっかくそこそこ使えるポジションにキープできた瞬間に異動してんじゃねーよって感じ。妹尾とかいう新しい課長は、まるでタコとかイカとかの軟体動物みたいにヌルッと摑《つか》み所がなくて、おまけにデブだから始末に負えない。せっかくこっちから声かけたのに。応じる気がないなら朝礼で「なんでも話してくださいね」なんて言ってんじゃねーっつの。

……新しい課長といえば。思い出すのは、矢作多恵。あたしがランチ断られた後、妹尾課長が声かけたのがあの人だったけど、あっちはあからさまに寝耳に水みたいな顔していたっけ。なんなの、妹尾ってああいう地味子な年増が好みなの？　うわ悪趣味。もう一回言うけどデブ男だし。さすがにあたしも、ベルトに腹肉乗っかったようなデブとそーゆーことすんのはお断りだし、逆にラッキーだったのかもね、なんて。

けど。矢作……あの人、新しいデブ課長と何か話したんだろうか。

あたしが期限を待たずにこの会社から追い出されるのも、あいつのせいだったりするの？　あんたあたしの上司か何か？　なんであんたにいちいちあたしの人生を邪魔されないといけないわけ？

そうだよ矢作。やっぱり絶対に、あいつが何か課長に吹き込んだんだ。うわ、ありえない。年増ブサイクのくせに。逆恨みで人を陥《おとしい》れるとかサイテーなんですけど。

——誰も彼も、これ以上あたしを追い詰めて何がしたいの？

こんな職場、本当はあたしだって嫌だった。あたしじゃなくても、それこそ誰でもできるような、平凡で地味で、面白みも何もない事務ばかりで。到底あたしにふさわしいとは思えない。

あーあ。……コスプレで売れたいな。

……ほんと、コスプレで、売れたい。あたしのしたい仕事はそれだから。

ちゃんとプロのレイヤーとして成功できていれば、こんな風にお金に困ることなんてきっとなくて。素敵な衣装を着て微笑むだけで、暮らしていけたはずなのに。たとえば写真集やグッズが売れたり、イベントだけでなくレギュラーでテレビ番組に呼ばれるようになれば……。事実、年間で何千万と稼いでいるプロだって存在する世界だ。事務所登録までできたからには、あたしがそうなっていてもおかしくはないはず。

けれど事務所は、あたしのことは、あの『よつば黒葉』みたいにちゃんと売り込んではくれなかった。顔もスタイルも声もクオリティも決して負けていないはずなのに、みんなあっちばかり見るのはなぜ。

そもそもあいつの仕事は、あたしが得ていたはずのもの。何がなんでも華坂カレンを使ってほしいって、あたしの魅力を事務所がもっともっと強くアピールしてくれていたら、……今ごろ売れていたのはあいつじゃなかった。大手ドリンクメーカーの専属公式キャラとしての地位も、商品とのコラボ企画の数々も。みんなあたしが手に入れているべき権利だった。

あんな、ちょっと若いだけで中身がからっぽの女。どうせ男に媚びを売るために下品なくらい肌の露出を増やして、原作を侮辱《ぶじょく》するみたいなアレンジばっかりしているはず。あたしの仕事を横取りできたのだって、ひっきりなしに仕事が舞い込むのだって、枕営業の成果なんでしょうね。あたしは知っているんだから。なんで誰も、あいつらの不正に何も言わないの。

人気があるなんて絶対やらせに決まっている。イベントをするたび会場を満員にするほどのファンなんてサクラでしかないし、ＳＮＳのフォロワー数だって多すぎていくらなんでも不自然だから、きっとお金で買っているに違いない。そんな小細工にまで費用をかけているなら、逆に、大手の公式契約一つどころか百くらいかけもちで取れていないと元が取れないんじゃないの？　それなのに。

ずるい。ずるい、ずるい。あたしよりも後に登録したくせにＶＩＰ扱いで、あたしよりずっと年下どころか現役の大学生で。いかにも清純系を装った、底意地の悪そうな顔をしていた。おまけに、医学部の彼氏持ちだとか。なんなのそれ。どうせ実家も優しくて裕福なんでしょ。コスプレイヤーは、コネでうまく取り立ててもらえて、生活にだって余裕がないと成功させてもらえない仕事だって、本当によくわかる。社会の搾取《さくしゅ》構造の縮図みたい。

あたしみたいな、貧乏で、親とは犬猿の仲で、独身で、恋人もいない。そういう人間は、よつばとか妹尾みたいな上流階級の人たちにどんどん蹴落《けお》とされ、嘲笑《あざわら》われて、何もいいことなどなく先の長いドブ川みたいな人生を消費していくしかない。

それなのにあのマネージャーは、よつばをあたしよりずっとえこひいきする。

ずるい。

ずるいずるいずるい。

あたしは、生活費を切り詰めてまで、可愛さと美しさを保つために力を尽くしているのに！　なのに、あのマネージャーは。あいつときたら。

『華坂さん。コスプレも大事だけど、まずは健康ですよ！　このところ顔色が悪いし、また少しやせたようで心配です』

うるさい。

『匿名掲示板に写真を無断アップしたのは、やっぱり華坂さんなんですね……？　よつばさんには内々に済ませてくれるよう頼んで、きちんと謝罪の機会も設けます。表ざたになれば華坂さんのイメージダウンにもつながりかねないので、きちんと筋は通しておかなければ』

うるさい、うるさい、うるさい。

『プロの仕事だけが、コスプレのすべてじゃないので、……』

うるさいって言ってるでしょ！

あんたの努力が足りなかったからあたしは売れなかった。

あんたがちゃんとフォローしてくれなかったから、大企業の公式仕事が吹っ飛んでしまった。あたしが得るべきだったすべてのものを返して。

あんたのせいでしょ。あたしが悪いわけじゃない！

あたしはちゃんとやってきた。ずっと力を振り絞ってきた。人に望まれるキャラクターになり切るために、誰よりも何よりも頑張ってきた。あたしが認められないのはおかしい。間違っている。

どうしてあたしばかりこんなにひどい目に遭わされるの？　よつば黒葉に例の仕事をかすめとられた時は一人暮らしだったから、誰にも相談できずに思い悩んだ果てに、あたしは手首まで切った。本当に死のうと思って、ためらい傷でいっぱいになるまで切り刻んだけれど、浴槽に張った水に切り口を浸ける前に、同居していた家族に発見されて未遂に終わってしまった。

そのせいで、心療内科のお世話にならないといけないし、大企業の公式レイヤーとしてコスプレの稼ぎだけで暮らしていく予定も狂ってしまった。前職を辞めたところだったのに、慌てて次の再就職先を探す羽目にもなった。毎日朝からしっかり働いたら、夕方にはへとへとで。新しい衣装を仕上げなくてはいけないのに、コスプレにかける時間なんてなくなって。どうにか流行り物の知識をインプットしようとしても、アニメを見てもマンガを読んでも頭は真っ白。そして、作業用のローテーブルに向かうたびに、そこに置かれるだけ置かれたパターン書き起こしの模造紙は、あたしに無言の圧力をかけてきた。

──いつになったら製作に入るの？

ぼんやりと、どこか所在なげに。机上灯の青白い光を照りかえす模造紙は、まるでそんなふうに語りかけてくる気がした。

──やらなくちゃって言いながら、いつまでも放ったらかしで。いつも言い訳ばかりして。きみは本当にコスプレをしたいの？

模造紙の問いは、日ごとにぶしつけになっていった。

……違う、あれは模造紙じゃなくて。

過度な心理的ストレスをかけられて病気になったと、ＣＰアテンドメイトを訴えるために、……診断書を出してもらうべく行った、心療内科医の言葉だ。

あいつ、あのおいぼれは、まったくひどい藪《やぶ》医者だった。あたしの悲痛で切実な願いを聞いて、とぼけた声でこんな答えを返してきたのだから。

『コスプレからしばらく離れてみたら？』

声を失うあたしに、あの医者は白髪頭をボリボリ掻きながら、こんなことまでのたまった。

『まあ、ボクもきみは病気だとは思う。けど、それはきみの考えている、……というか望むような要因や内容のものじゃない。あと、きついことを言うようだけどね。〝心療内科に通っている自分〟ってのを演出するために、ボクら医者を利用してやろうと考えるのはおかど違いだなぁ。ここは病気を治すために来るところで、私怨を晴らすための武器を与えたり、自己陶酔の道具を売ったりするお店じゃないからねえ』

わかってない。全然なんにもわかってない。あんな藪医者、免許を剝奪しちゃってよ。

おかげでストレスが倍増して、他の医者にかかるのまで怖くなってしまったんだから。

でも、あたしは鼻で笑ってやった。コスプレから離れたら？　冗談じゃない。コスプレをしたいか？　当たり前でしょ。あたしは職業コスプレイヤー。今までも今もこれからも、ずっと。

だって、万一プロレイヤーじゃなくなったら。あたしは、何者になってしまうのか、って。

……うん、あたしが単なる趣味レイヤーに落ちることなんて、絶対あるはずがない。

それどころかレイヤーですらなくなるなんて言語道断だ。今はただ、少しモチベーションが上がらないだけ。それもこれも、あいつらのせい。あいつらのせいで、あたしは衣装を作れない。

そんなあたしが、ひどい目に遭《あ》わされたままでいいはずがないでしょう。あたしが落とされた苦境、舐めさせられた辛酸を残らず知らしめれば、きっと世間はあたしに同情するに違いない。ＳＮＳでは一律のハッシュタグを掲げた何十万もの書き込みデモが起こって、ＣＰアテンドメイトはサイトトップに謝罪文を出し、あのマネージャーどころか所長含めた社員一同があたしに土下座で謝る。そうなればいい。そうなるに違いない。そうに決まっている。

そうだ、賠償金《ばいしょうきん》もきっちり払ってもらわなければ。一人暮らしのためにマンションを買ったところで、犬も飼っているんだから、あたしにはお金が必要なの。ほんと、ペットって手がかかるし。耳の折れたスコティッシュフォールド。インコってとっても可愛いの。この間できたばかりの彼氏にも、ネイルが剝げてみっともないところなんて見せられない。もう付き合って長いっていっても、身だしなみも整えられないブサイクだと思われて飽きられたら嫌だもの。派遣の人って大変よね。あたしは、せめて正社員でよかった。正社員だから、ちょっとくらいのことでは辞めずに済むもの。あたしは充実しているからよかった。

あたしが悪いんじゃない。あたしが悪いわけがない。

あたしは、だって。こんなに頑張っているのだから。

どうすればいい？　どうしたらあいつらを一番苦しめてやれるんだろう……。

＊

——今日、ちょっとでいいから会えないかな。

そんな風に薫から私が相談を受けたのは、脇田さんの解雇の期日が、二週間後に迫る頃だった。


なお、妹尾課長に言われた通り、彼女の怠業《たいぎょう》ぶりについてレポートをまとめると、なかなかな分量になったことを補っておく。中野前課長の威光をカサに着て私腹を肥《こ》やしていたのはもちろん、就業時間中トイレに見せかけてしょっちゅうどこかに抜けていったり、それどころか許可なく勝手に社外に出たり。

生活残業なんてまだ甘い。定時までに終わらせるべき仕事をせずに怠《なま》け、——延々と同じマニュアルを読み続け……るフリをしながらやっぱりスマホを見たり、ちょっと気が弱めな男性社員に話しかけて雑談に費やしたりだ――派遣といえど時間外勤務のほうがもらえるものが多いことを見越した上でわざと残業したりする。なんでも、「そろそろ貯蓄もしたいから収入を増やしたい」と小耳に挟んだことがある。

それからこれは流石《さすが》に報告書にはまとめなかったものの、病的なほど悪口の癖があるのは、恐怖すら覚えている。たとえば、先ほど言った気弱な男性社員にしょっちゅうボディタッチしては「わーかっこいい！　あなたってすごいんですねえ、もっと教えてくださ い」と誉め殺しながら自ら絡むのに、本人がいないところに行くと、手のひらを返したように「あの人はオクテそうなフリをして、すぐに俺ってスゲーみたいな武勇伝披露してきてうざい」とか、「身体にベタベタ触ってくるし、自分に気があると勘違いしてる」なんて真逆の悪口を言い続けていることにはびっくりした。ひょっとして人格が複数あるんじゃないかと思ったくらいだ。

でも、そういう話をしている時の脇田さんは、本当に楽しそうで、目をギラギラと輝かせている。それがまた恐ろしい。彼女の中では、他人とは無条件に見下していい存在で、かつ、利己的で刹那《せつな》的な視点でしかジャッジができない――と、しばらくして私はようやく気づいた。そして、自分を全肯定してくれない存在、ちょっとでも否定するものは、彼女にとって即座に〝敵〟になる。業務を真面目にやってくれと延々注意をし続けた私など、彼不倶戴天《ふぐたいてん》と言っても過言ではないエネミーレベルだろう。

いったい、何をやったらこんな人となりができあがるんだろう……と首を傾げてもいたが、ふとした瞬間に、「私、お肉が好きなんですぅ」と話していたり、父親の職種が一緒だったりと、なんだか己とそう変わらない部分を見つけては気味が悪くなる。彼女と私は、ほんの少し何かをどこかで踏み違えただけで、そんなに遠くはない生き物なのだ、と言外に囁《ささや》かれている気がした。

深淵《しんえん》を覗き込む時、深淵もまたこちらを見つめていると表現した哲学者が誰だったか忘れたけれど。うまく言ったものだと舌を巻く。

レポートのために、脇田亜美という人物について思いを巡らせ、その所業をまとめ、人生を覗き込めば覗き込むほど。私は、まるで彼女に引きずられる気がして恐ろしかった。毒々しいネイルアートが視界をチラつくと、それを毒々しいと感じる自らの悪意にもゾッとした。すぐそばの、ほんの数十センチ空けて隣の席にいる、なんともいえず不気味で得体のしれない相手から、とっとと離れてしまいたかった。

だから、課長にレポートを無事に受け取ってもらえて、「お疲れ様、これなら問題なく上にも提出できそうだ」という返事をもらえた時——心底ほっとしたのだ。いろんな意味で、もう解放される、と。

果たして、レポートを提出してから一週間も経たないうちに、部長と課長に呼ばれて別室に行った脇田さんの背を、私は後ろめたいようなスッと胸がすくような、複雑な心地で見送った。そしてほどなく、妹尾課長からは「うまくいったよ」と告げられた。彼女が月末で退職する予定であるとも。

そんな中での誘いである。

薫のお腹はもうだいぶ大きいはずだ。予定日は三カ月後に迫っている。産休に入るのは一カ月後。妊娠中は心が不安定になるというし、大事をとってほしいのに。もしも薫をひどく煩《わずら》わせるような、嫌な問題が起きたのだとしたら……。

私は不安を抱えながら、薫に指定された通り、行きつけの焼き肉屋に向かった。

＊

「はー、お肉の匂い嬉しい。子どもが生まれるとなかなかこういうの食べられなくなっちゃうと思うし、ありがとね、多恵！」

会ってすぐは、薫はいつもとなんら変わりなく思えた。「多恵は気にせずガンガンお酒いっちゃってね！」とも勧められたけれど、私は遠慮した。薫に悩み事があるなら、できるだけきっちり冴《さ》えた頭で向き合いたかったのだ。

久しぶりに会う薫は、少しだけ憔悴《しょうすい》して見えたが、それは大きくなったお腹の重みによるものなのか、何か他の要因によるものなのかはわからない。悩みがあるならこれから聞かなければと心するものの、とりあえず「お肉がおいしそう」というその言に、食事は問題なくとれているのだろうと察してほっとする。

「多恵のところの例のあの人、どうなった？」

まずはジャブがわりにこんな質問をもらったので、私は上司が〝ちょっと食えない系〟の妹尾課長に代わった話を交えつつ、最近の報告をした。脇田さんが今月末で辞めることも。といっても、派遣といえど懲戒免職にするとキャリアに傷がつくし、彼女を送り出してきた派遣会社との兼ね合いもある。ゆえに、内々に退職勧告を出し、自らの意志で職場を去った体裁を保つのは、妹尾課長が彼女にかけたせめてもの温情と言えよう。

「なるほどなあ……そっちは解決しそうでよかったよ。切れっ切れの課長が来てくれてラッキーだったねえ」

「切れ味抜群ってことは、下手をすると私も我が身をスッパリやられちゃうってことなんだけど」

刀を模して水平にした手で、自分の首を掻き切るしぐさをしながら舌を出す私を、薫は軽やかに笑い飛ばした。

「多恵なら平気だと思うな。だって不正なんてしてないでしょ？」

「するわけないない。自分で言うのもなんだけどオールクリーンだと思います」

「じゃあ平気だよ。この機に窓全開にして、どんどん風通し良くしてもらいなって」

「はは……そうなるといいなあ」

近況を伝え終わると、私は苦笑まじりに自らの話を締めくくる。それから。

「薫。今日はどうしたの？」

さっそく提供されたいつも通りのタン塩を、カンカンに熱した焼き網に並べながら、私は単刀直入に切り出した。薫の肩がぴくりと揺れる。

「どうって？」

「もうすぐ産休って時期のお誘いだから、なんかあったのかなって」

「うーん、あったというか、ずっとあるというか……」

私の問いに対して、薫はちょっと視線を泳がせ、微妙な表情をしてみせた。なんだか苦いものを口に突っ込まれたみたいな。

「前に、わたしの悪口を匿名掲示板に書き込んでる人がいるって話、したじゃん」

「うん。……たぶん、担当してるコスプレイヤーさんが犯人ってことだったよね」

「そうそう」

なんてことなさそうにヘラっと笑った後、薫は大変に気がかりなことを告げた。

「その人なんだけど、……行動がちょっとエスカレートして困ってる」

「え⁉」

「これ……」

顔をしかめた薫は、おもむろに取り出したスマホをこちらに向けてテーブルに置くと、白いロゴが入った赤いアイコンをタップしてみせる。見たことがないアプリだなあ……とだけ思いながら挙措を見守っていると、私の視線に気づいた彼女が注釈をくれた。

「あ、これはね。コスプレイヤー専用のSNSで、『アルカディア』っていうの。自分のコスプレ写真やプロフィールだけじゃなくて、ダイアリーとか参加予定イベントスケジュールなんかも掲載できるし、人気ランキング機能もあったりしてね。レイヤーさんに一番よく使われてるところじゃないかなぁ」

「専用のSNS！　へえ……そんなものがあるんだ！」

「有名無名プロアマ問わず、みんな登録してるよぉ。で、レイヤーさん個人だけじゃなくて、企業アカウントも取得できるの。これが、うちのページなんだけど」

未知なるコスプレ業界の発展ぶりに驚くばかりの私の前で、アプリを使い慣れているらしい薫は、さっといくつかの操作をして、CPアテンドメイトのページを表示させた。

真っ先に目に入るのは、おそらく事務所の登録レイヤーさんたちだろう、ずらりと並ぶたくさんのコスプレ写真。それぞれの画像を展開すると、彼らのファンであるユーザーたちからの応援コメントが見られるらしい。そこには、一番上に、こんな文言がある。

『このコスプレイヤーを担当している、K・Sというマネージャーは、上司と不倫をしていました。それを偶然知ったとある所属レイヤーさんが、口封じのために彼女からひどい嫌がらせを受け、活動をストップせざるを得なくなっています。K・Sは会社に不倫がバレて、厳重に処分されはしましたが、彼女をひいきにしている大物レイヤーのK・Yが無理にかばったせいで、のうのうとまだ仕事を続けているそうです』

『このレイヤーさん大好きだったんだけどショック……彼女を引っ張ってきたK・Sって人、不倫した挙句に子どもまで作って、離婚もしないでもうすぐ出産予定なんだって。全部公然の事実なのに、事務所はよつば黒葉さんの業績があるから見て見ぬふり、旦那《だんな》さんは泣き寝入りだそう。このレイヤーさんのいちファンとして、モラルに問題があるマネージャーがお世話をするのは心配。K・Sを早くクビにしてください！』

『告発！　拡散希望！　このレイヤーについたマネージャーK・Sは、不貞の末にできた子どもを平然と堕《お》ろすような女です。以前は風俗嬢だったらしい！　彼女のモラルに苦言を呈《てい》したここの所属レイヤーさんの一人が、嫌がらせにストーキング、暴言など度重なる精神的苦痛を受けて、とうとうリストカットするまで追い込まれました。私はその被害者レイヤーの友人です。親友の苦痛を、過去のものにしないでください！』

すべて同じアカウントからだ。一連のコメントを読み終えた私は絶句した。

「ちょ、ちょっと待って。この不倫女マネージャーって、まさか薫のこと⁉」

「わたし、誓って不倫してません。あと仕事には偏見ないけど、単なる事実として風俗嬢の経験もない」

「いや知ってるし」

そして、不倫して会社に処罰されたのかされていないのか、妊娠したのかしていないのか、子どもも産むのか堕胎《だたい》したのか、まずもってコメントを書いているのは友人なのか赤の他人なのかはたまた本人なのか。

「どれが正解なの！　どこもかしこも破綻《はたん》しすぎてない⁉」

でも、……よりによって、薫が妊娠している真っ最中に、よくもこんな悪趣味きわまりないデタラメを。嫌がらせにしても限度がある。コメントを読んでいるだけで、私は怒りのあまり、嚙み締めすぎた奥歯がガチリと鳴りそうになった。

「悪質すぎ……！　こういうのって、書き込んだやつのアカウント凍結できないの⁉」

「もちろん、コメント削除はアルカディアの運営さんに要請中だし、対応もしてもらえるだろうけど……なんていうか、イタチごっこなんだよねぇ。実はもう数度目なの、同じ内容の書き込み。このSNSの仕様上、一度アカウントを消したら、同じメールアドレスを使って何度でも新しいのを取得できちゃうみたいで。アカウント自体の凍結はできても、メアドで事前に登録をはねることはできないんだって」

「はぁっ⁉　何それ、冗談でしょ⁉」

「おまけに最近は、注意される前にコメントを消して、しばらくしてから改めて同じ文章を書き込み直す、みたいな手口も覚えたみたいで、運営さんも手を焼いてるんだよねぇ。自主的に削除しておけば証拠も残らないし、時系列順にコメントが表示される仕様だから、再投稿した時により多くの人の目につきやすくなるし。うまいこと考えるというか、ほんとタチ悪いったら……」

薫はため息まじりに教えてくれた。まさに病的なまでの執拗《しつよう》さに、私もぞわりと背筋が粟《あわ》立つ。

「で、さっきの『どれが正解』って多恵の突っ込みなんだけどねぇ。たぶんなんだけど、……この人も、書き込みながら、自分でもどれが正解かわからなくなっていってるんじゃないかなぁ」

薫が放った次の言葉に、私は目を見張った。

「ええ？　だって、こんなに矛盾《むじゅん》してるのに？　まあ現に薫は不倫していないんだから、そもそもが事実じゃないところからスタートしてるんだけどさ。あと、出産にしたって会社からの処罰にしたって、全部、真逆のこと言ってるんだよ」

「矛盾していることにも気づいていないかもしれない。彼女の中では、私が不倫したり、子どもを堕ろしたのが事実なのかも。どころか、書き込んでいる時の意識も、本人だったり他人だったり、友達にすらなっているのかも、なんて。……って言うのもね。これ」

　薫が次に見せてくれたのは、アルカディアで嫌がらせコメントを連投していたアカウントの個別ページだった。登録名は『クローバー四葉《よつば》』と、あてつけたような代物だ。プロフィールには年齢や職業などが書かれていたけれど、これが問題のレイヤーさんだとしたら、すべてフェイクとのこと。確かに、事務所未登録のアマチュアレイヤーとなっている。

　そのアカウントは、コスプレ写真こそ一枚もあげていなかったが、ダイアリーはいくつかアップしていた。薫に勧められるまま読んでみると、『レイヤーをやりながら派遣で生計を立てているが、ちょっと頼りない彼氏がいる』だとか、『彼とは数年越しのお付き合いで、同棲《どうせい》し、結婚も考えている』などと書いてある。

「あれ……？」

　しかし、ダイアリーを開いて読み進めるうち、私は首を傾げた。

何せ、不可解な食い違いが多すぎるのだ。別の日付の記事では『彼氏とは付き合いたてで、勝手がわからない』と言っていたり、『お互いの家を行き来して』とも書いてあるから、同棲でもなかったりする。他方、彼氏の性格についても、『礼儀正しくて優しくておっとりした、なんでもいうことを聞いてくれる理想の男性』と書いてあるかと思えば、『粗暴で短気で、手もすぐ出る、とんでもないクズ野郎』だったりする。

しかし一番ぎょっとしたのは、生クリームといちごがたっぷりのホールケーキの画像とともに、『これからおうちで彼氏と二人っきりのバースデーパーティー！』と書いた直後に、『ホールケーキを一人で食べたら、さすがに胸焼けすごい』という感想を上げていたこと。ええっと……か、彼氏は……？

思わず絶句する私に、さらに薫は言いにくそうに続けた。

「でね。こっちは、この人の書き込んだ誹謗中傷コメントに毎回いいねを押してる、『グチ子』さんってアカウントなんだけど」

「……うん」

「同一人物なの、その人と」

「？」

薫の話の続きに唾を飲んだが、予想通りなのか予想以上なのか。私は反応に困る。私の怪訝《けげん》な顔から察してくれたのか、薫は補足をくれた。

「クローバー四葉さんとグチ子さんのダイアリーを見比べると、同じ日の同じ時間に同じ場所で〝別々に〟同じメニュー食べてたり、同じ角度から撮った同じ空模様の写真があったり。行きつけの服飾ショップだったり、最寄り駅も一緒なんだよね。違いは、グチ子さんは派遣じゃなくて正社員で、猫を飼ってるってこと」

「……」

「でもその猫、日によって犬だったり、インコだったりするの。それで、コスプレ写真はもちろんペットの写真も一つもないんだよねぇ。なんでそのアカウントを知ったかというと、クローバー四葉さんが『CPアテンドメイトの社員にこんなスキャンダルがあったらしい。ひどくない？』って、コメントにあった不倫妊娠事件について話していて、ついでにそれが初めての日記なんだけど。それを、すかさずグチ子さんが自分の日記に引用していたから。『事務所や企業の陰謀で、真実が闇に葬《ほうむ》り去られるかと思っていたけれど、こうして気づいてくれる人がいてくれて、少しずつ広がり始めているのが嬉しい』って。ほんと数十秒ぐらいの差で」

「つまり、全部自分の発言なのに、他の人のように見せかけて……お芝居してる？」

「そういうこと。あとは、クローバー四葉さんが『あなたってまさか、問題のレイヤーさんじゃないですか⁉ 大変でしたね！』って話しかけて、グチ子さんが即返信したりもしてるよ。『マネージャーの報復が怖いので、本当のことは話せません』なんてね」

「自分で、自分相手に、会話を……？」

ぞわり。

背骨の上をムカデが這《は》い伝っていくような感覚に襲われ、私は言葉を失った。――何、それは。

「で、今度はグチ子さんと趣味の話とかでしょっちゅう絡んでる、この『嘆《なげ》キッス』さんって人もなんだけど……」

「ご、ごめん……ちょっと待って」

脳がオーバーフローを起こしたので、私は両手を挙げた。

「そのレイヤーさん、いくつアカウント持ってるの⁉」

「わたしと事務所メンバーが確認しただけで、アルカディア限定でも六つはあったよ。短文系とか画像系SNSで合わせて十個以上。あと、ぶっちゃけ一番困らされているのが、他のコスプレ事務所さんとか、うちと提携歴がある企業さんなんかにも、絨毯《じゅうたん》爆撃メールしてること。『CPアテンドメイトの悪行を告発します』ってタイトルで、めまいがするほど恨み骨髄《こつずい》な長文が届いたって、何度か問い合わせがあったから」

「……」

「驚くのはね。そのどれも、ちょっとずつ設定が違うの」

「設定が違う？」

おうむ返しする私に、薫は顔をしかめて視線を落とした。

「あるところでは給料の安い正社員で、あるところでは派遣。別のところでは既婚で、また別のところでは未婚の彼氏持ち。猫を飼っていたり犬を飼っていたり、一人暮らしだったり実家暮らしだったり」

その問題の〝彼女〟は、それぞれに別々の自分を演じている。

そして。

「全部、ありそうな嘘なの。たとえば高級タワーマンションでセレブ生活を送ってる大金持ちの外資系ＯＬとか、大企業の社長と結婚して豪邸に住んでる子持ちの悠々自適な専業主婦とか……それこそ、何千万円も稼いでいる超売れっ子のコスプレイヤーとかじゃなくて。もうすぐで実現したかもしれない、でも結局は手の届かなかった要素を、ちょっとずつ、ちょっとずつ盛り込んで、嘘《うそ》の自分をいくつも創り上げているの」

けれど、その人格のいずれでも共通するのは、薫やＣＰアテンドメイトがなんらかの不実を犯したという告発。そして、そのことを絶対に許さないという、滴るような害意と殺意。それと相反するようにまじり合う、虚構と現実。

――なぜか、脇田さんの顔が頭に浮かんだ。あのちぐはぐな行動体系。

不倫やリストカットという単語を見たせいだろうか。なんの関係もないはずなのに。そういえば彼女は、就業中、ずっとスマホを見て、熱心に何か書き込んでいる。あれは、何をしているのだろうか。

「……こんなことやって、あの子、正常な心を保てているのかな」

最後にそう呟くと、薫は視線を落とした。

「そのレイヤーさんに、ちょっとマズかったかな、……ってことを確かにわたし、言っちゃったんだよねぇ」

「な、何を？」

「彼女は今、逆境ともいえる状況だから、……コスプレ以外のこともやりながら、これからの将来とか生計のことを、きちんと考えたほうがいいって」

余計なことをしたかもしれない、という薫に、私は何も言えなかった。薫の言葉は確かに正論だし、ちゃんとその人のことを心配してのものだと、私にはわかる。ただし、私には、だ。追い詰められて、なおかつ少しずつ自分にも周りにも細かな嘘をつきながら、螺《ら》旋《せん》状にくるくるとおかしな方向へと落ちていき始めている人に、そんなことを言えば。どんな捉《とら》え方をされるか。

「わたしが余計なことを言っちゃったから、あの子にここまでさせているのかな」

「薫……」

「あの子の気が済むまで、許してもらえるまで、謝ったほうがいいのかな」

薫はそう言って俯いた。

「……気にしないことだよ」

しばらく逡巡《しゅんじゅん》した後、私はようやくそう言った。

「もうすぐ産休でしょ。そのレイヤーさんのことは、新しいマネージャーさんに引き継いだらすっぱり忘れる。で、薫は自分が元気で、しっかり健康に赤ちゃんを産むことだけを考えないと。ただでさえ初めての出産で不安がいっぱいなんだから」

「う、……うん……」

「それで、問題のレイヤーさんには、薫が嫌がらせに気づいていることは伝えてるの？」

「まだ何も……事務所でも、対策を立てあぐねてて」

「よかった。言っちゃだめだと思う」

「え？　どうして」

「まあ根拠はあいまいというか、単なる勘なんだけど、言うとますます火に油を注いでエスカレートさせるかもしれない。というか、……そういうのは、相手をすると反応がもらえたと考えるんじゃないかなって。それがどんなにネガティブなものでも」

脇田さんにも共通することだけれど。

彼女たちの行動の根っこにあるのは、――異常なくらいの被害者意識だ。

私は悪くない。私は頑張っている。頑張っているのに評価されないのがおかしい。それは差別をされているからだ。恵まれている人間はずるい。

演じられたいくつもの人格や設定を濾《こ》していくと残る、吐き気がするほど執拗に繰り返されるその言葉たちこそが、嘘ににじんだ、紛れもない本気の本音なのだろう。

「薫はとくに、何も気づかないふりしてやりすごして。何かあったら大変だよ。言い方は悪いけど、産休に逃げ込むの。……薫は責任感強いし、自分が面倒見てきたレイヤーさんのことだから、きっと気になると思う。でも、今はそうしないとダメ。その人と対面で戦うのは事務所全体の、ついでにまた別の人の役目」

「いいのかな……」

「かな、じゃなくて、そう思って。自己暗示でいいから、思い込むようにして」

ただでさえ大変な時に、そんなゆがんだ価値観の人間と戦っている場合ではない。

「世の中にはさ、自分が幸せになるのはとっくに諦《あきら》めて、でも、代わりに誰かが幸せになるのが許せないって人種が一定数いるんだよ。他人が栄光の座にあるなら、どうにかして引きずりおろしたい。自分と同じ不幸で不遇な立ち位置に落ちてくるまで、足を摑んで引っ張ってやる……ってね。そんなことしても、何にもなりはしないのに」

「あの子が、……そういう人間だってこと？」

「ほぼね。そういうこと」

語気を強める私に、最初は罪悪感からか「でも」とためらっていた薫も、やがて「わかった」と表情を引き締めた。

「そうだ、……これ」

私はふと思い立ち、自分のスマホにつけていた朱色のお守り袋を外すと、そのまま薫に手渡した。カレー屋で妹尾課長に見つかってネタにされた、例のあのお守りだ。

「お守りって、人に貸すのはあんまりよくないって言うけど、薫が持ってて」

「？　どうして？」

「ここ、縁切り神社らしいんだけど、もうものすごくよく効くの」

かつて私が執念深い男と付き合ってしまい、なかばストーカー化して困り果てていた時、見かねた姉がいただいてきてくれたものだ。もうすぐ警察沙汰《ざた》になろうかというほど、毎日欠かさず会社からの帰路に待ち伏せされていたのに、そこから嘘のように元カレのストーキング行為はなくなった。現在は転勤のために引っ越して遠くにいるらしいが、今のところ私の人生には関わっていない。

「薫がへんなことに気を取られず出産に集中できて、無事に、元気な赤ちゃんを産めますように！」

声を出して念じながら、押しつけるようにお守りを手渡すと、薫は軽く瞠目《どうもく》する。その、少しだけ色素の薄い瞳の表面が盛り上がり、ぽろっとしずくが零《こぼ》れ落ちた。

「薫」

「……ごめんね多恵、たぶん、ホルモンバランスのせいだから。妊娠中で、なんか涙もろくなってて、だから気にしないで」

堪《こら》えていたのだろう涙をぼろぼろと大粒でこぼしながら、わざとらしく「さあ、食べなきゃ焦げちゃう！」と網から肉をとってもぎゅもぎゅ口に詰め込む親友に。私は何も気づかないふりで笑って、同じく箸《はし》をとった。

＊

あたしが東方電力を辞めさせられる日まで、もう十日もない。

――正直。電力会社でも、コスプレ事務所でもいい。あたしに不当な扱いをしてきたやつらが、少しだけでも自分たちのやったことを後悔して、いやな気持ちになるような。そんな心地を味わわせてやれたらそれでいいと思ってきた。そんな些細なきっかけだった。

東方電力では、派遣やバイトの人たちに、絶えず本当のことを言ってきたし。

ＣＰアテンドメイトについては、真実を広く知らしめたくて。アルカディアのコメント欄で、それ以外のいろいろなＳＮＳで、企業や他事務所への匿名メールで。たくさんたくさん告発メッセージを送り続けてきたけれど。

でも、何を繰り返しても。

どちらもなんらダメージを受けず、逆にあたしなんて最初からいなくても構わないと言わんばかりに、何も変わらずに世の中すべてが通常どおり流れていくのだった。それだけじゃない。

『ねえ、大きな声じゃ言えないけど……。聞いたぁ？　脇田さんがさぁ……辞めることになったって話』

『聞いた聞いた！　正直ちょっとほっとするよね。だって、前の中野課長と……アレだったせいで、アタシらいろいろやりにくかったもん。あの人、いっつも矢作さんの悪口ばかり言って、こっちまで仕事を引き受けづらくさせるとか。小学生かよって感じ』

『ほんとそれだよぉ。ここだけの話、ああいうのが大きな顔してのさばり続ける会社じゃなくてよかったわぁ』

うるさい。

『何回同じコメント書き込むんだよ。嘘くさいし規約違反』

『書いてるのみんな一緒の人だよね？　私怨やばすぎて引く。話の内容も矛盾してないか』

うるさい、黙れ！

『その活動休止に追い込まれたレイヤーさんとやら、自分が悪いんじゃないって証拠ある？　繰り返しコメント欄で嫌がらせされてるマネージャーさんとか登録レイヤーさんのがよっぽどかわいそうで、逆に印象よくなるわ』

『うちの推《お》しレイヤーさんの写真で嫌がらせやめろ。どうせ底辺の嫉妬《しっと》だろ』

『文脈からいろいろ調べてみたけど、まさか華坂カレンのことじゃないよな？　あの人だったら消えてったのは単なる自然淘汰《とうた》だと思うよ。ポーズは原作無視で媚び売った系のワンパタだし、衣装も露出ばっかり増やすくせに不必要なネイルつけっぱなしだったりで詰め甘かったじゃん。運よくプロになれたから天狗《てんぐ》になってたんだろうけど、身の程を知ったんじゃないの。身内だかなんだか知らないけど、逆恨みもはなはだしくて見苦しい』

黙れって言ってるのに！

だいたい、あんたたちが悪いんでしょう。あんたたちが、当時あたしのことをきちんと支えてくれなかったから。応援メッセージを事務所に送り続けたり、ＳＮＳでコス写真をバズらせてくれなかったから。あんたたちがプロレイヤーとしてのあたしを殺したのに、こうやって追い打ちをかけるようにネットでもいじめてくるのか。

ううん、悪口が書かれるならまだいい。センセーショナルな内容に惹《ひ》かれて、最初はコメントに何十個もついていた『いいね』も次第に減り、最近は誰も反応をしてくれなくなってきた。

あたしが消えていこうとしている。この世から、このあたしが。

……どうして？　なんで？　どういうこと？

あたしが。華坂カレンが誰にも見向きもされないなんてこと、許されていいはずある？　あたしはプロのコスプレイヤーなのに。あたしはあんたたち凡人とは違うのに。結婚も出産も誰でもできること。でも、プロレイヤーでいられるのはあたしだけ。

あたしはコスプレに生きると決めたから。こんな世の中で結婚したって、旦那も子どももいるだけ邪魔になるでしょ。……絶対に焦ってなんかない。一緒にしないで。あたしは特別なのよ、プロレイヤーでなくなったら何者でもなくなる、なんてわけがない。

でも、華坂カレンの名前を実際に出して告発するのは……。それは最終手段にとっておかなきゃ。不正や暴言は実際にあったんだし、あたしは純粋な被害者なんだから、ちゃんと事実を知らしめたら、きっと世間はあたしの味方だけれど。万が一、そうじゃなかったら。……そうじゃなかったらって何？　あたしは何を言っているのかしら。

最近は。あんまりにみんなが薄情で、誰も何も言ってくれなくなったものだから。悲しくなって……反応が欲しいあまりについ、短文ＳＮＳで不倫告白系の呟きをしてみた。もちろん、あたしは不倫なんてやってない。あのマネージャーのつもりになっただけだけどね。そうすると、釣れるわ釣れるわ。見ず知らずのお馬鹿《ばか》さんな高齢喪女《もじょ》やら非モテのオッサンやらが、『世間知らずの小娘』だって憤慨《ふんがい》して引っかかるのが面白いこと。

『こういう馬鹿がいるから』

『ぜんぶ自分のせいだから一人で死ね』

『他人様《ひと》の家庭をグチャグチャに壊しておいて、のうのうと過ごしているゴミくず女は死んで償《つぐな》ったらいい』

そんな言葉を投げかけてくる、画面の向こうにいる誰かさんたちの醜《みにく》い表情を想像すると、なんともいえない快感が背筋を走り抜けた。そして、あたしを好き放題むさぼったくせにろくに役に立たなかった、あの中野のやせこけたあばら骨を思い出した。汚い身体だった。あたしの脚《あし》を摑む両手は死神のそれみたいに骨が浮いていた。

ひとしきり記憶の連続再生が終わると、なぜかあたしをごく当然のように無視した、あの妹尾課長の顔や、隣の席からこちらを嫌な目つきで見てくる矢作の顔が頭に浮かんでくる。そんな時には決まって、ＳＮＳの返信欄に誰かのこんな言葉が並んでいるのだ。

『こういう手合いはもう放っておいたらいいですよ。きっと、わざと他人の気に障《さわ》ることを言って反応を待っているだけでしょうから。相手をするだけ無駄です』

ＳＮＳですら、あたしを馬鹿にするやつがいる。画面の向こうの顔が、あいつらに重なる。

うざったい同僚の矢作多恵。あたしをのけものにしようとする妹尾課長。あたしに同情するふりをして裏切った、他の派遣たち。

あたしを蔑《さげす》んだ目で見てきたクソ藪心療内科医。あたしを成功させてくれなかった役立たずなフォロワーども。

コスプレ事務所のＣＰアテンドメイト。そして、佐野薫。

妊娠したって何？　産休っていいご身分ね？　あたしはこんなに孤独なのに。違う。あたしは彼氏がいて、長年付き合っていて、この間付き合い始めたばかり。あたしは私はわたしはワタシは。

……どうしてこんなに苦しいの？

あたしはコスプレイヤー。それも、有象無象のアマチュアごときじゃなくて、プロの。

あたしは他の誰とも違う。あたしは特別。あたしのことをないがしろにするやつらに報いを受けさせたい。あいつらがノーダメージで許されていいわけがない。呪ってやりたい。呪ってやる。呪い殺してやる。

そんなことばかり考えるようになったからかもしれない。スマホで「呪い」「藁人形《わら》」「誰にもばれない」「殺す」などの検索ワードが予測変換で出るようになった。

そして、さっき。

ついにあたしは最強の情報を見つけた。

観光地の繁華街近くにある縁切り神社。そこの絵馬。……よく、効くんだってね。

公式サイトの写真にある、本殿や鳥居などの風景にどうにも見覚えがあると思ったら。そういえば、一度行ったことあるじゃない。確かそう、ゲリラ撮影会の時に、途中で追い出されてしまったあの神社だ。どうして今まで知らなかったんだろう？　そんなにご利益抜群なら、もっと有名でもおかしくないのに。情報まとめサイトには、絵馬を書いたら殺したい相手が死んだとか、ブラックな働き方を強要してきた会社がつぶれたなどの参拝者体験談がずらり。あたし、思わず「これだ！」と膝《ひざ》を打ったもの。

――どいつもこいつも死ぬべきだ。

ほんとは直にでも殺してやりたい。でも、この手をじかに汚すと、あたしの、まだ果たされていないだけの、輝かしい将来の夢にまで傷がつく。

だからあたしは、神様の手を借りる。あいつらに、正当な復讐《ふくしゅう》をするために。


参拝を決めた日は、朝から土砂降りの悪天候だった。

……ツイてない。予報じゃ降水確率低かったくせに。

おまけに神社の位置が、相当にややこしくて。撮影の時にも一度行ったはずだというのに、同じ道を何度もぐるぐるぐるぐる、あっちの角を曲がったところで戻り、こっちの通りを進んだところで迷い。早めにお参りしようと昼前に出たのに、いざ神社に着いた時は昼食時も過ぎて、あたしはへとへとになっていた。

しかも、雨模様なのに神社は人でいっぱい。薄汚れた透明のビニール傘が思い思いにさされて動きづらい境内《けいだい》を突っ切るべく、レースで縁どった可愛いピンク色の傘を掲げ、あたしは水濡れた石畳《いしだたみ》を無表情のまま踏みしめて歩いた。

屋根がどこか雨漏《あまも》りしているのか、みたらしには明らかに雨水がいっぱいに降り注いでいて、とてもじゃないが口をゆすぐどころか手すら洗う気になれない。仕方がないから、そのあたりの手順は省いて本殿に向かう。

五円玉が見つからないので十円玉を一枚賽銭箱《さいせんばこ》に投げ入れ、手を合わせる。紙幣を投げ込んでいる人もいるようなのが、ちらりと板の隙間《すきま》から見えたけれど、なんとも景気がよろしいことでうらやましいったら。こっちはたかが十円でもなけなしの十円だってのにね。

本殿前でひとしきり憎い相手の顔を頭の中に並べ、順繰りに首をスパスパはねていく想像をする。イメージはばっちりだ。

参拝が終われば、いよいよ絵馬を書く段になる。あたしを不幸と不運のどん底に突き落としたやつら、全員まとめて呪っておくことにした。

矢作と妹尾と佐野だけじゃなく、ろくに役にも立たないまま異動先に旅立っていった中野前課長や他の社員たち。あたしをないがしろにしたCPアテンドメイト、あたしの代わりに脚光を浴びるよつば黒葉をはじめとしたコスプレイヤーたち、藪医者に毒親、十分に応援してくれなかったフォロワーども、……あとは、画面の向こうで通りすがりにあたしに絡んでいったババアやキモオヤジたちなども、ついでに。

サインペンのキャップをとり、まだ何も書かれていないまっさらな白木の絵馬を前にして、さてあいつらをどうするか、どう料理してくれようかとほくそ笑む。全員酷《ひど》い目に遭って、惨死《ざんし》してしまえ、というのは大前提として。願い事は、できるだけ詳しいほうがいいんだっけ？　具体的な死に方まで指定するとすれば。

『あたしのことを苦しめてきた人間を、全員残らず、肺に肋骨《ろっこつ》が刺さり、重いもので顔面がつぶされ、髪がすべて抜け、両足と両腕の骨がすべて粉々に砕けた状態で殺してください。よろしくお願いいたします』

丁寧に、丁寧に。でも名前はさすがに書かず。筆圧高くきれいな文字で綴《つづ》ると、あたしはもはや作品とでも表現すべきその一枚を、絵馬所の一番目立つところにひっかけた。よく考えれば、事務所所属のプロコスプレイヤーの直筆で書かれた絵馬なわけじゃない。なんだか、やたらと労力の無駄遣いをしてしまったというしょっぱい思いと、サインにも等しいんだから、きっと効果はとびぬけてあるに違いないという不思議な確信が胸の内に同居している。

鳥居をくぐって神社を出る時、境内の落ち葉を熊手で払っていた巫女《みこ》さんが一人、じっと物言いたげな表情で見つめてきた。どこかで見た顔だと思ったら、……あの人、絵馬を買う時も社務所にいたっけ。どちらの面に願い事を書くかとか、面倒な注意事項をつらつら語った後、そういえばこんな言葉を投げてきた。

『どうぞ、悪縁が切れますように』

――その悪縁切ってくれんのがオマエんとこの仕事じゃないのかよ、と正直罵《のの》りたい気持ちになったものだ。年齢は二十歳《はたち》そこそこだろう。……濡れたような色の濃い瞳が印象的な、……きれいな、人だ。長い髪も、あたしよりずっとつやがあって黒い。そして、なぜかあたしと目が合った瞬間、軽く嘆息した気がした。

なによ。

どことなくむかむかした気持ちになって、あたしは巫女から顔をそむけた。あたしを見ていたとは限らないわけだし。ため息も気のせいかもしれないし。

その瞬間。

ぴゅうっと突風が、顔に打ちつけるように一陣吹いた。

「きゃあっ！」

あたしは何の構えをしているわけもなく、もろに正面から喰《く》らってしまった。雨粒を巻き込んだ風は、せっかくのお気に入りのボウタイつきワンピースをびしょ濡れにしていく。この間買ったばっかりだったのに。二万円もしたのに。

──なによ！　なによ、なんなの！

まるで、何かを咎めるようなその強い風に。

いよいよ腹が立ち、あたしは巫女のほうを睨んだ。

けれど、傘もささずに玉砂利《たまじゃり》を掃いていたその姿は、いつの間にか、境内から忽然《こつぜん》と消えてしまっていた。

＊

「出産お疲れ様、おめでとう薫！」

メッセージアプリでは、その経過の無事を教えられてはいたけれど。あらためて産院にお見舞いに行けることになり、病室のドアをくぐった時。疲れてはいるがそれでも元気そうな様子でベッドに腰掛ける親友の姿に、うっかりと涙がこぼれそうになり、私は慌てて目元を掻くふりをしてまなじりをぬぐった。

母子同室はまだ始まったばかりらしい。透明な保育ケースの中で眠る薫の赤ちゃんは、ふにゃふにゃで小さくて。髪の毛は細くて少なくて、でもふわふわで。あとはとにかく赤くて。それでもちゃんと人の形をしていて、きゅっと閉じられた瞼《まぶた》をさらに強く瞑《つむ》り、時折「うーん」と伸びをするのがたまらなく愛らしい。まだ決まっていない名前の代わりに『さのちゃん』とネームプレートに書かれているのが、ちょっと楽しかった。

「赤ちゃん可愛いねえ……薫、よく頑張った……」

白いタオル地の産着《うぶぎ》に包まれた赤ちゃんを、最初おっかなびっくり、やがてしみじみ見下ろしていると、「ありがと、多恵」と薫に笑われてしまった。

「ふふ。ほんと、永遠に見てられるんだよお。なぁんて、今はおっぱいが思うように出なかったり、頻回《ひんかい》授乳でまったく寝てなかったり、……おむつ替えとかお風呂とかの練習もなかなか大変で、実はそんなに呑気にしてられないはずなんだけど。いや、もー、へとへとです」

「ええっ、大丈夫!? でも人ひとり産んだんだから疲れるどころか倒れて当然だよ！ 改めて考えると、あのお腹にこの子が入ってたんだねえ……陣痛とか平気だった？ よく聞くけど、スイカ鼻から出た？」

「地球が出たねぇ」

「ちきゅう」

「いやー、産んだ産んだぁ」

「そんな、よく食べた人みたいなコメントしないでよ」

「だってさ、他になんとも言いようがないんだもん」

ここの産院は、一流ホテル並みに豪勢な食事が出ることで選んだという薫は、「けどまあ、ごはんもおいしいから、よく食べてるのもあながち間違いではない」と得意げにお腹をさすっていた。

それにしてもきれいな病室だ。ピンクを基調におしゃれにまとめられた室内は、シャワーやトイレもあって、医療用ベッドがでんと中央に座していることを除けば、なんだか本当にホテルの一室のようである。なお、いつも産院に詰めているという旦那さんや薫のお母さんは、今は連れ立って身の回りのこまごましたものを買いに出ているらしい。「だから遠慮なくくつろいでいって。二人がいたところで、もちろんくつろいでもらっていいんだけど」と薫はひらひら手を振ってくれた。

薫が予想以上に元気だったからか、部屋の居心地が良かったからか、はたまたその場にいるのが赤ちゃんを除いて二人だけだったからか。会話は盛り上がり、赤ちゃんのお世話や出産にまつわるエピソードから、私の近況のほうに話題が移った。

「例のあの人、会社辞めたんだよね？」

「うん、いなくなってもう二カ月以上も経つから、すっかり忘れちゃってた」

薫の言葉で、「そうだったな」と私は膝を打つ。

脇田さんは、――月末の指定された日を待たずに、会社からいなくなった。どういうことかというと、文字通り、「いなくなった」のだ。

『あたしのことを正しく評価してくれない会社なんてこちらから願い下げです。皆さんにはそのうち、しかるべき天罰が下りますからお楽しみに』

そんな書き出しから始まり、私や課長に対する恨みつらみを縷々《るる》連ねた、不穏で不気味で――もう少し包まず言えば、社会人らしからぬ――メールを、彼女と私用のアドレスを交換していた課の面子《めんつ》に一斉送信した後、その全員からの連絡をブロックして、音信不通になった。電話は何度かけても出ず。把握していた住所にも行ったが、驚いたことに彼女は「一人暮らしをする」と言い残したきり実家を出て、そのまま行方知れずらしい。

実家で対応してくれた脇田さんの親御さんたちが、娘の動向についてなんとなく歯切れが悪いこともあり。仕方なく、今までどおりの口座に、勤務していた日までの日割りの給与を振り込み。文字通り『金の切れ目が縁の切れ目』とでもいうべき状況で、彼女は退職していったのだ。

脇田さん。

かえすがえす、不思議な同僚だった。顔を思い出そうとするが、フェミニンな髪型や服装、あのリストカット痕だらけの手首にこれ見よがしに巻かれた包帯や、その指先を彩るアリスモチーフのネイルなどは思い出せるのに、肝心の面差しが出てこない。まともに関わり合いになりたくないあまり、私はできるだけ彼女の顔を視《み》ずに過ごしてきたのかもしれない。ただ、最後に交わした会話となったメールの一文が、胸に食いこむような爪痕を残してくる。

「しかるべき天罰……」

不意に、ちょうど思い出していたその文を薫が復唱したので、私はどきりとした。

「い、いきなりどうしたの？　薫」

「いやね、その同じ文言に、わたしもちょっと心当たりがあったの。しかも、よく似た状況っていうか……仕事上だけど、三行半《みくだりはん》みたいな内容のメールで、っていうのも共通だったから、……なんだかびっくりしちゃって」

時期もちょうど同じくらいだったかなあ、と薫が視線を巡らせるので、私はいよいよぎょっとしてしまった。

「ねえ薫、それってひょっとして……」

「うん。多恵には察しがついてるかもだけど、例の問題児コスプレイヤーさん。ついでにうちとの所属契約の停止を一方的に申し入れてくるおまけつき」

「う、うそ!?」

「しかも、メールをくれてから、ふっつり連絡が途絶えたところまでそっくりなんだよねえ。……何があったんだろうね」

あんまりに鬼気迫る文面で怖かったものだから、出産までずっとこれが手放せなかったよ、と。言いながら薫がごそごそとテーブルの上から取り出したのは、私の渡した、あの朱色のお守り袋だった。

「なんだかこのお守り、握ってると安心できる気がして。多恵、ほんとありがとね」

にこにこ、と変わらぬ笑顔でお守りを胸に抱きしめる薫に、私はほっと息を吐く。そして、果たして本当にそれが何かの役に立ったかはわからないけれど、やっぱり薫に渡して正解だったんだと漠然と感じた。

「けどこれ、わたしがもらっちゃってよかったの？　多恵だって、そんな気持ち悪いことがあったのに……やっぱり返したほうが」

そこでふと薫が不安そうな顔をするので、「いいの！　そのまま持っておいて」と私は手を振った。一拍置いてから、「実はね」と。産休前の薫と話したあの日の直後にあったことを、おもむろに告白する。

「変な話なんだけど、ちょっと前に私、その縁切り神社にお参りに行ったんだよね。ほら、焼き肉行った、それこそ翌週くらい」

「え、そうなの？」

目をまるくする薫に、私はばつが悪くなりつつ説明を重ねた。

「心配だったからって、うっかり渡しちゃったけど。本来、お守りを人に貸すのってあんまりよくないとかって聞くじゃん。だから、神様に『勝手なことしてすみません』って謝って、ついでに『あれは薫用だから』って体裁にして、自分用にもう一つ同じやつついただいて、帳消しにしてもらおうと思って」

「ええっ⁉　そんな手間わざわざかけさせるくらいなら、申し訳ないから返したのに」

「いや、薫の安産祈願とかもしたかったし？」

「多恵……ありがとう……」

　またぞろ「うう、ホルモンバランスで涙腺《るいせん》が……」と呟きながら目元を押さえる薫に、「ごめん、私自身、例のあの人が気味悪かったせいもあったし！　そういうわけだから気にしないでほしいんだけど！」と慌てながら、私は縁切り神社に参拝した日のことを思い返していた。

　脇田メールの衝撃に比べれば、どうということもないけれど。あれはあれで、そういえば少し奇妙な体験をしたのだ。

　その日。続いていた長雨が嘘のように、すかっときれいに青く晴れた空を眺めながら。鳥居をくぐった私は、「薫が無事に元気な赤ちゃんを産みますように」と、そしてついでに「脇田さんと何事もなく、縁が切れますように」と本殿でお願い事をし、自分の分のお守りを買いがてら、絵馬も書こうと決めた。

　同じ願いを書きつけて、絵馬所に吊るしに行くと、ちょうど巫女さんが境内の掃除中だったらしく、古くなった絵馬を外していた。

　さっき、社務所で絵馬を渡してくれた巫女さんだ。長いまっすぐな黒髪を和紙と水引とでまとめた、瞳の大きい、……雨上がりの百合《ゆり》のような清楚な印象の、美しい人だった。黒髪ストレートは脇田さんもなのに、こんなにイメージが変わるものか……とひそかに失礼なことを考えながら、ぼんやりその白い手元を見つめる私に気づいた巫女さんは、不意にこちらを向いて、にこりと笑いかけてくれた。それから。

「だいじょうぶ。悪縁はきっと切れますよ」

と、柔らかに微笑んでくれたのだ。

どんな願い事を私がしたのか、彼女は知らないはずとはいえ、気遣いが嬉しかった。ちょっとテンションが上がった私は、「ありがとうございます！」と勢いよく頭を下げた。続けて顔を上げた時、絵馬所の一番目立つところにある白木板が目に入る。その文字に、なんだか見覚えがある気がした。

あれ？　と思った瞬間。

巫女さんがさっと手を伸ばして、絵馬を取り外してしまう。そんな必要もないはずだというのに、まるで隠すような素早さだったから、ひょっとしたら、あまり見て気分のいい内容ではなかったのかもしれない。

まあ、特段なんてことはない出来事だ。しかし、縁切り神社の加護は、確かにあったのかもしれない。天罰だなんだというメールを、脇田さん以外にも出すような人がいたことには驚きだけれど。結果として、薫は無事に赤ちゃんを産み、こうして健康に過ごしているる。ケースの中でくうくう寝息を立てる小さな命をあらためて感慨深く見つめながら、それだけでも私は、あの日参拝に行ってよかったな、と思えた。

「……あと、ネットの嫌がらせ、あれからなくなったんだよねえ」

ふと薫が言った。私はぎょっとする。

「まさか薫、例のレイヤーさんのこと自分で調べたの⁉　やめとけって言ったのに」

「あ、じゃなくて、うちの事務所がね。ぴたりと動きが止まったから、たぶん安心していいって。結構悩まされた身からすれば、そもそもなんだったんだ！　って話だけど……それも、お守りのご利益ってことにしとこっかな」

くすっと笑う薫に、「それがいいかもね」と苦笑を返しつつ、でもなあ、と私は思う。

「もちろん、今さらどうして嫌がらせをやめてくれたのかなんて、わからずじまいだけどさ。そのレイヤーさん、唐突に気づいちゃったのかもね。やっていることの虚《むな》しさに。だって、……自分で自分を苦しめているわけじゃない、そういう人って」

「え？」

薫が目をしばたたくので。うまく説明できないながら、言葉を重ねてみる。

「人が苦境に立たされている時ってさ。本当は、邪魔な相手を消したところで都合よく問題が解決するわけじゃなくて、余計ドツボにはまることもあるし。自分の心一つで吹っ切れて、前に進める場合もあるのに。誰かのせいにして責任を全部押しつけないと気持ちのおさまりがつかない、やりきれない、ってこともあるんじゃないかな。……で、それが間違ってるって、意外にその人自身も、心の奥底ではわかってるのかも」

過剰に誰かを憎んで、恨んで、叩いて。けれど、もしその相手が実際に酷い目に遭ったところで、せいせいしたりなんて、ほとんどできないんじゃないか。

そういうことに、自力で気づいてくれたのかもしれない。冷静に考えれば、復讐されるべき人間なんて世界のどこにもいなくて。もし根本的な苦しみの原因というものが存在するとすれば、それは、己の内側にしかないってことに。

まあ、実際のところがどうであれ。どのみちやっぱり、あの神社にお参りはしてよかったんだけれどね。

なにせこのところ物騒だ。昨日も、とある事件のネットニュースを見て仰天したところだし。その内容は、都内の某河川敷で、見るも惨《むご》たらしい状態となった遺体が見つかった、――というものである。その河川敷というのが、まさしく生活圏内というか、「ここ知ってる！」と映像を見た瞬間に一発でわかるようなご近所さんで、私はとにかく肝《きも》をつぶした。

「そういえば、ねえ、あのニュース見た？　多恵」

またもジャストタイミングで薫に話題を振られたので、「見たよ！　びっくりだよね、ほんと、うちから近いもん」と私は身震いしてみせる。

「警察の話では、自殺と事故が重なったみたい、ってことだったけど……亡くなった方の身元、まだわかんないんだっけ？」

「なかなかわからないかもしれないよねえ、ひどいことになってたっていうもの」

うんうん頷きながら、薫は同じくニュースから得たらしい、私もよく知る情報を口にした。

「それにしても、びっくりだよねえ。いくら増水した川に流されてたからって……肺に肋骨が刺さって、顔面がつぶされて、髪なんて全部抜けて、両足と両腕の骨がみんな粉々に砕けた状態で、遺体が見つかるなんて」

どなたかわからないけれど、よっぽど運が悪い人だったんだね、気の毒に、……とため息まじりに眉根を寄せる薫に、私も「本当にね」と重々しく同意してみせたのだった。

夢

……あ、目が覚めました？

何がなんだかわかんないって顔してますね。

そりゃあそうですよね。起きたらいきなり、見覚えのない部屋に、別に仲良くもなんともない同僚がいて。おまけに自分ときたら手足を椅子《いす》にロープで縛りつけられているんですもん。

だいじょうぶだいじょうぶ、安心してください。

これ、夢です。

それと、念のために確認も一つ。……ここ、結構暗いですけど、私の顔は見えてます？

そうそう、そうです。あなたの勤めるZ大学で、一緒に事務員をやっている、後輩の保《ほ》科《しな》ですよ。保科香澄《かすみ》。ああ、そこはちゃんと認識できているんですね。よかった。当たり前か。

ちなみに、私のほうも、あなたの顔を夢でまで見たいと望んでいたわけじゃないですよ。その点も安心してもらっていいですから、ね。

それにしても壮観ですよね、この部屋。特に明かり取りなんかもなくて、ただただ狭くて息苦しくて薄暗いばっかりなのに、ちゃんと室内の様子が全部見えるのとか、……その辺のご都合主義が、いかにも夢！　って感じで面白いなあって。

ざっくり中世くらいのヨーロッパ風拷問部屋《ごうもんべや》、みたいなイメージかと思いきや、いろんなものが置いてありますしねえ。

まずはほら、見てくださいよ、この人間サイズのマトリョーシカみたいなやつ。かの悪名高き拷問器具の女王、『鉄の処女』じゃないですか。おそれながら私も初めて拝見しました、ええ、どうせ夢なんですけども。

本体は木製がポピュラーだそうですけど、これは珍しく金属製なんだなあ……。ここの、ちょうど頭のところに打ち出してある、無表情な女の人の顔がすごく不気味でイイ感じですね。ちゃんと蓋《ふた》がぱかっと前開きになっていて……開けてみると、うわあ、すごい。本当に針がびっしり！　蓋を閉めた瞬間、この剣山みたいな無数の太い針が中に納められた人間にブッスブス突き刺さって、死ぬまで生き血を搾《しぼ》り取るっていう発想がすっごいですよね。よく思いつくなあ。

拷問される人間がすぐに死んでしまわないようにというか、じっくりじわじわ苦しめるべく、ダイレクトに急所を刺さない程度に針の長さや位置が調整されていたっていう風説も、これまたイイ感じに惨《むご》たらしくて素晴らしいと思いますよ。まあ、実用されていたかは怪しいって聞きますけど。史実的に使われていたかどうかなんてのは、この際さしたる問題じゃなくて、今ここにこういうものが存在している事実というか、そういうものが作られているって事象そのものがすごいというか。人間の残虐性《ざんぎゃく》ってキリがないですよね。……その点については私も常々、身に沁《し》みて実感するばかりなんですけどね。

ひゃあご覧くださいよ、こっちもびっくり。まさかの『ファラリスの雄牛《おうし》』じゃないですか、有名ですよね。

えっ、ご存じじゃない？　あらま、そうですか。意外にマイナーなのかな……。うわうわ、本当に牛そのまんまの形してるんですねえ、大きい！　やばい！　テンション上がる！　ふふ。オタクの早口気持ち悪いですか？　まあ私いろいろしゃべりますけど、みんな独り言だから気にしなくていいですよ。ほんと、どうせ夢なんですけどね！

一応、使い方的なことを解説しときますと、この、艶々《つやつや》に光る金属製の雄牛の中に生きたままの人間を入れて、下方からガンガン火を焚《た》くと、内部が加熱されすぎたサウナみたいになって、炙《あぶ》り殺されちゃうっていうね。そういう代物です。さっきの鉄の処女といい、よく思いつくよなあ、のオンパレードですよ。

鉄の処女もニセモノ説ありますけど……こっちはこっちで、中で死んでいく人の断末魔が、管を通してちょうど牛の鳴き声みたいに聞こえるように調整して設計されているとか、拷問が終わった後に蓋を開けると、犠牲者の骨が熱で照りついてキラキラ宝石みたいに輝いて見えるっていうところとか、あんまりにあんまりすぎてどこまで本当か眉ツバですよね。もしすべてが真実なんだとしたら、それこそめちゃくちゃエグい話ですけども。ここで実際に試してみたら、わかったりするのかなあ……冗談ですよ？

他にも、えーっと……水責めに使う水車とか、魔女裁判用の太い杭《くい》とか……いろいろと、まあ、素敵なものたちが用意してございます。でも、伝説のお道具類ばっかりじゃなくて、現代の百均で売ってそうなペンチとか万力なんかもちゃんとあるのがすごい。どうかしてる。この部屋を作った人、よほど趣味が悪いとしか思えない。

いや、ちょっと違うかな。

趣味云々《うんぬん》じゃなくて、よほど恨めしくて、苦しめながら殺したい相手がいるんだろうなあってことだわ。すごいなあ、執念を感じますよね。

……まあ、そんなこと言って、全部私の夢なんですけどね。

やだなあ、……なんでそんな青い顔してるんですか。私があなたに何か危害を加えるとでも思ってらっしゃる？

ふふ。

どうしてですか？

ああ、縛られているから?

じゃあ、どうして縛られているのかって、それは身に覚えがありますか?

そんな、早く放せって言われても。ここぞとばかりに大きな声出さないでくださいよ。

この際だから言っときますけど、あなたのがなり声、私、嫌いなんです。聞くたびに脳に響いて、身がギュッとすくんでね。でも今は意外と平気だなあ。電柱につながれたチワワがキャンキャン騒いでいるのを、半笑いで見下ろしているみたいな気分ですよ。これもそれも夢だから言えちゃうことですけど。

ん? こんなことしてどうなるんだ、……ですか?

それ……あなたの言えた台詞《せりふ》じゃありませんよね。だってこれ、私の夢だし。ほんと、よくできてる夢だなあ。いかにもあなたが言いそうなことばっかり。

あなたが、ゆめまぼろしの偽者《にせもの》でも、全然もう構いやしませんので。せっかくだから聞いていってくださいよ。あなたにどれほどの自覚があるかは存じ上げませんけどね。

私にはあるんですよ。あなたに危害を加えたいって願望でしたら、いくらでも。

懐かしいなあ。アレは今年の四月でしたよね。

新卒の大学事務員として入ったばかりの私に、月々二万円もする非公式の互助会に入れってあなたが迫ってきたのは。取り巻きの皆さんもご一緒で、大概《たいがい》恐ろしかったんですよ。けど、うちの初任給、手取りがそもそも激安じゃないですか。それで出すのが二万円って異常ですよ。おまけに互助会の活動内容も、ちょっと宗教絡んでいて怖かったし、費用の使い道もあまり明らかにされてないみたいだったし。とっさにちゃんと断った私、偉かったなあと我ながら今でも誇りに思ってます。

そこから嫌がらせが始まったんですよね。

知らないとは言わせませんよ。

まず、「わたしたち互助会組織が苦労して築き上げた仕事のノウハウを、対価を払いもせずに受け取れると思うな」とか言って、仕事の引き継ぎを一切できないように妨害してきましたよね。

あなた、うちのボスザル的な感じだし、みんな怖がって従うから、私に仕事を教えてくれる人は誰もいなかったんです。仕方がないから自力でマニュアルを読んでどうにかしようとしたら、今度はマニュアルを隠したり、ひどい時は捨ててしまったり……。あれ、よかったんですか？　かなり分厚いマニュアルでしたけど、私の目の前でシュレッダーにかけちゃって。後の人が困りません？

たまりかねて上司に訴えたのに、その上司まであなたの味方だった時は、どうしようかと思いましたよ。すごいですね、主任の学歴コンプレックスを逆手にとって、ついでに私の悪口を先手打って吹き込んでおいて、自分のいいように動かしちゃうなんて。戦国時代なら軍師とかなれるんじゃないですか。そんな特異な才能あるんだったら、もうちょっとましな使い方してほしかったんですけどね。

そんなこんなで。私の味方が誰もいなくなったのを確認してから、あなたの嫌がらせ、……っていうか新人いじめ、ですよね……どんどんエスカレートしていきましたよね。私の見てくれもあなたにとっては都合よかったのかな。化粧っけの薄い十人並みの顔にメガネ、野暮ったいスーツの新卒女なんて、いかにも抵抗しなさそうじゃないですか。すごい。大正解ですよ。見る目ありますね。

はー、いろいろあったなあ。

何人もで囲んで、私の出身大学を揶揄《やゆ》したり。——学歴逆差別って本当にあるんだなあと思いましたよ。『あの大学出身だから、ガリ勉で彼氏もいなくてどうせ処女だろう』とか、普通に性別問わずセクハラですけど自覚あります？

あと、何言われましたっけ。『お前は頭でっかちのくせにバカだから仕事の覚えが悪い』とか『使えないくせになんで平然と勤めていられるのか神経を疑う』とか。他にも……私が年休を入れたい時に限って、シフトが当たるように妨害してきたりとか。すれ違いざまに、『お前が休みなんて取れないように上に言っといてやるからな』ってボソッと耳元で囁《ささや》かれたこともありましたっけ。あの時は、実際に十二連勤させられましたよね。おまけにあなたの仕事を押しつけられる形で、休日出勤までねじこまれてね。

すぐそばから大声で悪口を言われたことなんて、あまりに序の口すぎてラインナップに入れる気にもなれません。私物を勝手に捨てられたり、ロッカーに置いておいたカーディガンをズタズタに破られたり、作った書類が目を離したすきにむちゃくちゃな内容に改変されていたりとかも、ありましたっけ……。

ねえ、他は何でした？

ありすぎて全部思い出せないんです。教えてくださいよ。まさかあなた自身が覚えてないなんてことありませんよね？

そうそう、一番強烈な記憶ってのがね。ハエの死骸《しがい》入りコーヒーを飲まされた時です。ゴキブリじゃなくてよかったなんて言いませんよ。しかも数匹、浮いてましたよね。私が飲めないって言ったら、前髪摑《つか》んで無理やり口に近づけられたじゃないですか。残りは顔にかけられたっけ。あの時の苦味も、口に残る何とも言えない、虫独特の気持ち悪い感触も、身を焼かれるような屈辱《くつじょく》も、たぶん……じゃないな、絶対に一生、覚えてます。

頭からバシャっとやられたっていえば。強炭酸を鼻に入れられたこともありましたよね？　人目につかないようご丁寧に書庫で待ち伏せて、養生テープで手首を後ろ手に拘束して。前髪摑んで屈ませるのお好きですよね。やられるほうの私は大嫌いですよ。

……もうね、正直ね。

何かあるたび、何回も死のうと思ったんですよ。

死んでやるって。死んだらちょっとはあなたが後悔するかしらって。

小学生のいじめでもここまで酷《ひど》いんですかね？　いいオトナのすることじゃないなんて、正論はなんの役にも立ちませんもんね。それこそ拷問でしたよ。拷問って、ここにあるような大げさな道具なんかなくても、お手軽にできちゃうんだなあってね。

毎日毎日、何でこんなことされてるのか、どうしてこんな目に遭《あ》わなきゃいけないのか、考えても考えても、全然わからなくて。後になってやっぱり互助会に入るっていうのもいやで。それは負けた気がして、どうしてそんなところでこっちが譲ってやんなきゃいけないのか意味不明だし。

こっちは大学新卒で、アルバイトとかじゃなくきちんとした形で勤めるの、初めてなわけじゃないですか。だから、……仕事をするって、社会人ってそういうものなのかな、我慢しないといけないのかなって。ずっと悩んで。でも、実家に相談もできないし。そんなの親に話したら、ものすごく心配かけるのわかりきってますんでね。一人で抱え込んで、どうしようもなくて。

ずっと……真っ暗なトンネルの中を、出口も知らずに歩いているような気分でした。

今思うと、何をあんなに意固地になっていたんでしょうね。私の問題だから私がどうにかしなくちゃとか、ここで辞めたら後がないとか、始めたばかりの仕事で一年も経《た》たずギブアップしたとなると今後に響くとか。私みたいになったやつを見て、「早く逃げろ、仕事なんてどうでもいいから命が大事だ」とかって言う人もいるかもしれないけど、渦中にいる当の本人はそんなの考えられないんです。視野がすっかり狭まってるから。

でもまあ、人間って面白いことに、慣れるんですよね。慣れるっていうか、なんらかの現実逃避のすべを見つけて、どうにかして心の均衡を保とうとするっていうのかな。私も半年もすれば、だんだん麻痺《まひ》ってきたというか。

それこそ、ただただ拷問にすぎなかった日々に、ちょっとした華やぎみたいなものを見つけて、生きる希望ができたというか。あなたのせいで「死にたい、死にたい」って思ってたのは、とある理由で、意外にどうにかなった。

いったんは、ね。


……さてさて。

せっかく私の夢なんだから、どっかにアレがないかなあ……。

ああ、あった。ありました。

じゃーん、見てください。

何だかわかります？　我が最推《お》しにして一世を風靡《ふうび》するコスプレイヤー、よつば黒葉《くろは》さんの公式写真集です。この部屋に置いてある物品ラインナップの中だと、平和な普通の写真集、めちゃくちゃ浮きますね。風景的に。まあいいや。

ご存じじゃないと思いますけど、私、めちゃくちゃ応援してるんですよ、このレイヤーさんのこと。彼女について語り始めると夜が明けるくらい。そもそもここ窓がないし、今何時なのかわかんない部屋ですけど。

残念ながら自分ではコスプレとかあんまりしたことないんですが、誰かのコス写真見るのは好きで。で、彼女は、趣味でやってる頃から群を抜いてクオリティが高かった。初めて見た時ほんと感動したんです。しかも、しゃべるのも上手で面白くて！　たちまちファンになりました。この人、絶対これからヒットするに違いない！　って。そしたらあっという間に人気が出て、事務所登録してプロになって、さらに急成長してテレビでも見かけないことない勢いになったじゃないですか。もうね、すっごい嬉《うれ》しかったです。自分のことみたいにね。

とにかく、あなたのせいで日々が憂鬱《ゆううつ》で仕方なかったのに、このよつば黒葉さん……よつばさんって略しますね、よつばさんを知ったおかげで私の生活は一変しました。公式ファンクラブに即入って、彼女が出ているイベントはどんな場所でも絶対に応募したし、テレビ番組も全部録画して何回も見返して。写真集や円盤やグッズだけじゃなくて、特集が載ってる雑誌でさえ、保存用閲覧《えつらん》用で分けていくつも発売日に買って。チラシ広告とか見つけると丁寧に切り抜いてスクラップしてみたりとか。

とにかく、よつばさんを追いかけていたら元気がもらえて……。文字通り私のことを救ってくれたコスプレイヤーさんです。この人がいるから頑張れる、生きていようって思えた。いわば恩人みたいなものなわけですね。一方的にそう思ってるだけですけど。

どうしてそんなどうでもいい話をするんだって、お思いですか？

ふふ。……まあいいから、続きを聞いてくださいよ。薄々察しがついてらっしゃるんでしょう？

私はよつばさんに出会って気持ちが軽くなったけれど、別にあなたに悪質ないじめを受けている日常そのものが変わったわけじゃなかった。仕事に行くたび怒鳴られ続けて、心身ともにすっかり疲弊しきっていて、最後の一線を守ってくれたのがよつばさんだったってだけです。別に環境が改善していたわけじゃない。知ってますよね。言わなくても。あなたのことですもんね。

……そう怯《おび》えた顔をしないでくださいよ。気分が良くなるじゃないですか。リアルだなあ、夢なのに。

私は毎日、耐えて、耐えて。

でも、頭の中ではずっと復讐《ふくしゅう》したかった。

あなたのことを、私が受けた痛みと屈辱の何倍も何十倍もひどい目に遭わせて、グッチャグチャにしてやりたかったんです。逆に、電車に飛び込んでやろうかとか。親への遺書に「私の葬式に、もしこうこういう名前のやつが来たら、私の死因はそいつだから、代わりに刺し殺してほしい」って頼みを書き残して死のうかとか。——そういうことも考えました。

出鱈目《でたらめ》で、まともじゃないですよね。

けど、だいたいの人間がそうだと思うんですけど、……残念ながら、肝心のところで理性のほうが勝ってしまって。

だから、決めていたんです。

あと一つ。

すでにびっしりくまなく地面を這《は》っている、私の導火線の。あと一つだけ、あなたが点火したら。

あなたのことを容赦《ようしゃ》するのはやめようって。

ロープで首絞めるのでも包丁で滅多刺しにするのでも、コンクリブロックで殴り殺すのでも何でもいいから、絶対にあなたのことを殺してやろうって。自分がどうなってもいいからって。

そんなことを思っていたんです。知らなかったと思いますけど。


それでね。その「あと一つ」が達成されるの、意外に早かったんですよ。

さっきのよつば黒葉さんの話がここで生きてくるんですけどね。伏線です。

さんざん説明したと思いますけど、私、彼女の大ファンで。イベントに参加したり公式グッズを買うだけじゃなくて、それこそコンビニや雑誌コラボの特典クリアファイルとか、抽選で当たる数量限定品のアクリルキーホルダーとかまで集めていたんです。

それが一時期から、ファンクラブを通しても全然当選しなくなったり、どこに行っても手に入らなくなったり、そもそも公式のほうで最初から企画を断念するようなことが続くようになった。

何が原因かわかります？

転売ですよ。

転売屋が暗躍してたんです。

数に限りのある商品は、根こそぎ高額でネットオークションにかけられてましたし、配布特典なんか、無料でもらったくせに一つ二千円くらいで売られていたり。よつばさんの人気急上昇に伴って、目をつけるやつがいたんですよ。

どこのどいつだって、私は当然怒りました。転売屋にとってはたかが娯楽でも、こっちは死活問題です。だって私にとって、よつばさんはほとんど生きる目的と化してましたし。

それに、一番しんどかったのは、よつばさん本人が、ＳＮＳでずっと「転売しないで」と訴えかけていらしたことです。「欲しい人みんなにちゃんとグッズが行き渡るように協力してください」って、何度も何度も……。そんなの見ちゃいないんでしょうね、転売屋は。彼女の呼びかけに全然応《こた》える様子もなくて、そんなにお金が大事なのかって。人の生きる希望を勝手に額面に変換するなって。

そういう人に限って、「金を払ったのだからどう扱おうと勝手で、正当な権利だ」とか、「売るために買って何が悪い」とか、「高くても買いたい人の手に渡るべきだから、その橋渡しをしているにすぎない」とか、ふざけたことを堂々と主張するらしいですね。信じられますか？　……聞いてます？

それでね、この転売屋、意外に近所住まいなのかな？　って思った瞬間があって。近所の大型書店で、奇跡的によつばさんのサイン入り写真集を置いてくださったことがあったんですけど。一瞬で売り切れてたんです。もちろん、後日、一冊何万円って高額で転売されてました。開店早々駆け込んで、あの本屋で写真集をみんな買い占められる距離には住んでいるんだなって、そこで犯人の住まいの目星がついたんです。

それ以上はもちろん知りようがなかったんですけど。

っていうか、……ないはずだったんですけど。

あはははは。顔、真っ青ですけど平気です？　とりあえず、続きを話しますよ。

転売屋の正体、なんとなんと、意外なところで判明しちゃったんです。

私が職場で探し物をしていたら、置きっ放しだったとある人のスマホが目に入っちゃって。ちょうど何かの通知が来たところで、画面がふっと明るくなったんですけど。

そこに、有名なフリマアプリで、よつばさんグッズの転売履歴がね。さっき売れました、みたいな内容の。それが、ずらっと。一列に並んでて……。よつばさん関連だけじゃなく、巷《ちまた》で噂《うわさ》になっているゲームソフトとか。そんなものまで売っていたんですよね。

ああ、こいつだったんだって。

私や、私みたいな人の希望や夢を搾取《さくしゅ》して、当たり前みたいに平然と利益に換えていたのは、こいつだったのかって。

頭に血が上りすぎると、逆に、すーっと冷静になるというか。それでもはらわたったってリアルに煮えくりかえるんだなって思いましたよ。吐き気がして、世界が凍りついたみたいでした。こんなに近くにいたのか、にっくき転売屋、……って、ね。

誰のスマホなのか、もう察しがつきますよね。

っていうか、ぶっちゃけ最初からご存じですよね。

……あなたの話ですもんね。


そういうわけで、「あと一つ何かあれば」の「あと一つ」が、かくも簡単に達成されてしまったわけですけれど。

もちろんね、現実でもあなたのことはどうにかするつもりでした。どうにかって？　それは、……どうにかですよ。たとえばこの万力とペンチは、ここだけじゃなく、私の家にも実際に買って置いてあるものですって言えば、いくら鈍くても意味わかります？　こっちの包丁とか彫刻刀もそうです。百均とホームセンターってなんでも揃《そろ》うから便利ですよね。

でもその前に、一応ね。さっきも言ったけど、こちらも理性ある人間ですから。

とある噂を聞いて、……っていうか、まあネットで知った話なんですけどね。めちゃくちゃよく効く縁切り神社があるっていうんですよ。そこに、景気づけにお参りしてから悲願を果たそうと思って。この間、よく晴れたある日曜日に、お守りをいただきに行ったんです。……結構遠かったですね。片道三時間かかりましたよ。

絵馬も書きました。

あなたのことを、『現実でもちゃんと殺す勇気をください』っていうのと。『予行演習的に、……夢でいいから。もう自発的に死にたいと思うくらい、この手で酷い目に遭わせてから、殺させてください』って、そんなことを願ったんです。その縁切り神社ね、面白いところでしたよ。絵馬所に下がっているの、私と同じようなノリの願い事ばっかりなんですもん。人類皆陰湿ですね。私もだし、もちろんあなたも含めてね。

そうしたらですよ。……昨夜眠って、はっと気づいたら、こうしてあなたがここにいるじゃないですか！

もう、感想なんて、「縁切り神社すごい！」の一言ですよ。

ほんと、夢なんですけどね。

よかった、夢か……って。

ははあ。さてはちょっと、ほっとしてます？

じゃあ、夢ですから、はい。お手を拝借。後ろから失礼しますよ。

それ、……エイッ！

バキィ！　って、いい音しましたねー！　ちょっと、悲鳴大きいです。耳が痛くなるじゃないですか。

まだまだ、たかが爪を一枚剝がしただけですよ。伝説のお道具類なんて全然使ってなくて、ほら、さっきのペンチです。先週ホームセンターで五百円で仕入れたやつですよ。こんなに簡単に人間の爪って剝がせちゃうんですね、楽しいなあ。やったのが親指で、面積が大きいからかな？　それとも、夢だからなのかな。

爪の下、ブルブルのピンクの肉が見えてて生々しいですね。血の匂い、すごくサビ臭いし気色悪い。絶叫のダミ声も、やたらとリアルだし。まあいいや。はい、次、二枚目いきましょう！

それっ。剝がれた剝がれた。

あー……もう、声ちょっと抑えてくださいよ、耳痛いから。

じゃあ続けて三枚目！　四枚目！

さて、……手の指十本ぶん、爪、きれいに剝がれました。

気分はどうです？　声が出ない？　さっきまであんなに元気よく叫んでいたのに。なんか、……普段、甘皮のさかむけとかを自分でベリッといく時にも、わかってたはずなんですけど。爪の周りだけでも、剝がすと血がいっぱい出るんですね。そっちからちょっと見えにくいかもですけど、床、あなたの血ですっごいことになってますよ。もうね、真っ赤。ビッチャビチャ。掃除が大変そうだから、現実でやるなら注意しなくちゃ……。

あ、お気づきですか？　爪だけじゃ芸がないから、ついでに同じペンチを使って、指先の皮もちょっとはいでみたんです。プチ凌遅刑《りょうちけい》ですよ。凌遅刑はわかりますか？　昔の中国で実際にあった残虐《ざんぎゃく》刑罰の一つで、受刑者の全身の肉を、生きたままベリベリちょっとずつちょっとずつ、……説明しなくていい？　残念。

ん？　いやだ。なんだか、息も絶え絶えですね。

痛いんですか？

……何バカなこと訊《き》くんだって？　当たり前だろうって？

うーん。まあ、現実に爪を剝がしているなら、その通りなんですけれど。

夢なのにどうして痛いんですかね。

私の夢だからかなあ。

でも、あなたの夢でもあるんだとしたら、――やっぱり、なんで痛いんでしょうね？

よし。次はこれにしましょう。

せっかくだから昔ながらの拷問器具も気になるけれど、やっぱり実践《じっせん》につなげられなければ、予行演習の意味がありませんもんね。お次は、ジャジャーン。ホームセンターで仕入れたネタ第二弾、万力です。お値段わずか三百円なり。まあお得。

むかーし、中学生時代に技術の授業で使った時以来なんですよね、万力って。ちゃんとできるかな、トライアンドエラーで頑張りましょう。こうしてここで、足の指を一つ挟んで……真ん中の、関節のほうがいいですね。

そおれ！　バキン！　なんちゃって。

……もうほんと、勘弁してくださいよ、その声。すっごくうるさい。馬鹿《ばか》とか、くそったれとか、汚い言葉をいちいち叫ばないでください、あなたの大声苦手って言ったでしょ。実際にやるなら猿轡《さるぐつわ》用の手ぬぐいも必須だなあ。

じゃあ次。足の甲に、釘を当てて。こちらに取り出しましたるはトンカチです。さて、何をするでしょう。

トンテンカン、トンテンカン。

あはははは、あは、楽しいですね。なんだかそれこそ技術の時間、というか図工みたい。

聞こえてないか。

そろそろ慣れてきましたよ、あなたのその声。

なんだか口笛でも吹きたい気分になってきました。すごい、すっごく気持ちいい。どうして今までしなかったんだろうってくらい。

ねえ次は、足の肉も剝いじゃいましょう。凌遅刑、凌遅刑！

……あ、声出なくなりました？　喉《のど》枯れちゃった？　ヨダレはだらだら流して汚いのに。

いいですけど、別に。ＢＧＭ、ないならないで寂しいもんですね。

じゃあそろそろフィナーレかなあ。終わっちゃうの、ちょっと惜しいですけどね。

ほんとはファラリスの雄牛も試したいし、同じ牛なら牛裂きとかも気になるんですけど。

牛裂き、もしご存じなかったらなんですけど、四頭の牛を用意して、人間の四肢《しし》をそれぞれに括《くく》って別々の方向に引っ張らせるって昔の刑罰で……あのう？　聞いてますかぁ？

うーん、聞こえてないかな。目の焦点、合ってないし。

じゃあもう、そのまま聞き流しながらで構わないんですけど。

そういえば私、――予行演習のつもりで「夢でいいから」とは縁切り神社の神様に願ったけど、「夢だけで終わらせてくれ」なんて一言も言ってないんですよね。

あ、……やっと反応あった。

なんだぁ、ちゃんと聞こえてるんじゃないですかぁ。返事してくださいよ。

しかもめちゃくちゃ元気じゃないですか。水揚げされた魚みたいに躍《おど》りくるわなくても。

そのロープ、身をよじっても切れませんよ。そんなにガタガタ身体《からだ》をゆらしたら、椅子が倒れちゃうって……あーあ、言わんこっちゃない。ね？　無駄だったでしょ？　足の骨は砕いてあるし、ついでに腱《けん》もさっき切っといたんです。たとえ拘束が外れても、どうせ逃げられませんって。

そんなに自由になりたいなら、しょうがないなあ。ロープだけは外してあげます。その前に、念のため足をもうちょっと刺しておきますね。はーい、ちくっとしますよー。

……わぁ、呆《あき》れた。

その状態でもどうにか這って逃げようとするなんて、あなた、すごい根性ですよ。無様ですね。見た目、なめくじみたい。

じゃあ、その根性を称《たた》えて次！　次のメニューも行っときましょう！

よいしょ。

……大人一人なんてなかなか重いと思うんですけど、難なく運べちゃうのはさすが、夢ですねえ……。

さあ着きましたよ。

やっぱりオタクの憧《あこが》れっていえばこれなんです、マンガとかにもよく出てくるし。

この拷問部屋のお道具セレクションの中にあった、皆さんご存じ『鉄の処女』。

鉄の処女についてはさすがにもう知ってますよね？　さっき説明しましたもんね！　よつばさんの話しましたけど、こういうのもある意味コアなコスプレになるのかな？　コアっていうか実態はゴアなんですけども。あはは、我ながら面白くない。

……横に倒したほうが入れやすいかな？　どっこいせ、と。

蓋を開けて。……中に人を入れて。で、蓋の内側にほら！　立派な長いトゲがいっぱい。ね、閉めた途端に、このおっきい針なんて、眼球一直線でしょうね。

そういえば。これ……夢のはずですけど。

現にあなたが痛みを感じてるってことは。ここで受けた痛みも傷も、案外、現実に反映されていたりしてね。


さあ、そろそろお別れかな。

……なんで自分が？　って顔してますけど。

どうしてそんなことが思えるんですか？

もしこれが夢じゃなくて、あなたが本当に死んでくれたら。少なくともここに一人、お線香の代わりに祝杯をあげる人間がいるんだってこと、忘れないでくださいね。

蓋、閉めますよ。
おやすみなさい。
いい夢を見られたら、……いえ。
ちゃんと無事に目が覚めたら、いいですね。

「とある縁切り神社にて」

「真琴《まこと》ちゃんって、巫女《みこ》さんバイトに興味ない？」

「え？」

「あたし、今勤めてるところが神社なんだけど、ちょっと辞めることになってさ。新しく来てくれる子に心当たりないかって言われてるんだよね……」

わたしが大学に入ってそうそうに探し始めたのは、アルバイトの勤め先だった。

せっかく時間ができたからには、親にもらえるお小遣いや仕送りではなく、いわゆる「自分で稼いだお金」というものを味わってみたい。ついでに、学生バイトならではの、ちょっと普通に勤めるのでは体験できないような、面白い仕事がしてみたい。そんな気持ちがあったわたしにとって、サークルの先輩の紹介で始めたこの神社での『巫女さんバイト』は、まさにうってつけ。そのどちらの欲も満たしてくれるものだったのだ。

白衣に緋袴《ひばかま》。あの清楚《せいそ》な格好に憧《あこが》れない女子なんているのだろうか。とりあえずわたしにはものすごく魅力的だったし、バリバリに興味もあった。しかし、いざ始めてみると、なかなか知らなかったことが多い世界だと実感している。

……たとえば、この仕事はバイトではなくて「助勤」または「助務」というらしい、とか。今まで、お守りやお札も普通に「買う」とか「売る」と表現していたけれど、実際のところは「いただく」や「お授けする」と表現するのが正解なんだそう。他にも、正しいお辞儀の仕方や立ち居振る舞いなど、「そのうち就活にも役立ちそうだな……」と感じることが多い。

ここでのわたしの主な仕事は、社務所に詰めて、参拝客の皆様にお守りを売る……じゃなくてお授けしたり、境内《けいだい》の清掃をしたり。お勤めは大学の講義前、朝八時から始まるので、早起きも身につくようになって一石二鳥だ。

いいことづくしのように思えるけれど……実は、今だからこそ告白できることとはいえ。はじめに詳しい話を聞いた時、本当にこのお仕事を始めようかどうしようか、ちょっと、いやかなり迷うところもあった。

雀《すずめ》の鳴き声がのどかに響く、よく晴れた日の暖かな午後である。

「真琴さんが、助勤のお仕事を迷っていた？　あら、そうなんですか？」

社務所で並んで、棚に並べるためのお守りの在庫をチェックしながら、わたしの話に大きな黒目をパチパチと瞬《またた》いているのは、わたしと一緒にこの神社でお勤めをしている先輩の巫女さん。

この方、毎日顔を見るたび「大和撫子《やまとなでしこ》かくあれかし！」とガッツポーズをとりたくなるような和風美人で、おまけにとっても優しい。長くまっすぐな黒髪を檀紙《だんし》と水引できりりとまとめ、色白の細面《ほそおもて》をいつもニコニコと柔らかな笑顔に保ち、てきぱきと仕事を教えてくれる先輩は、こっそりわたしの憧れである。

……いや、普段から「先輩大好きです！」ってなんの臆面《おくめん》もなく言ってしまってるから、別にこっそりもへったくれもないんだけれどね。なにせいい先輩に巡り合えて、わたしのバイト……じゃなくて助勤運はなかなか上々なのではなかろうか、とひそかに悦に入る日々である。

とはいえ、今でこそ「ラッキー！」なんて軽く言えるものの、いざ始める前に、「うーん、本当にやってみたものか」と迷っていたのは事実だ。理由を視線で促《うなが》してくる先輩に、わたしは言葉を選ぼうと口を数度開け閉めした結果、結局選びきれずにド直球に白状した。

「いやあ、縁切り神社っていうのが実は気になってて」

「そうなのですか？　どうして？」

「ええっ、先輩ってばそれ訊《き》いちゃいますかぁ……」

疑問を受けてポリポリと頬《ほお》を掻《か》くわたしに、先輩はことりと首を傾《かし》げる。こんな何げない仕草でもさまになるから、美人ってほんと、眼福だ。もう人間国宝指定でいい。が、肝心の疑問のほうには「どうして、じゃないよ！」と突っ込みたい。

「だって、ここの絵馬に書かれたお願い事、結構アレな内容じゃないです……？　この間わたしが見た絵馬なんて、『同僚を殺して埋めてしまいたいので力を貸してほしい』だったんですよ！」

そう。何を隠そう、ここは強力なパワースポットとして、結構な人気を誇る神社なのである。そんなに表立って名の知れたところではないのだけれど、むしろ「知る人ぞ知る」を地でいく感じで、県外から参拝に来られるお客様も多い。

休日になると本殿前に行列ができるほどに参拝があるので、絵馬所に納められる絵馬も、それはそれは膨大な量になる。新しい物が吊るしきれなくならないように、一定の量が溜まるとお焚《た》きあげをさせていただくのだが、毎日、たわわに実った果物もかくやという収穫量だ。おまけに、そんな絵馬に書かれた願い事の中身も、ひとかたならぬ濃さなのだった。

ちなみに、直近で驚いたのはさっきの同僚殺し予告だけれど、勤め始めてから最大の衝撃を受けた絵馬の文面も、続けて思い出してしまう。

『あたしのことを苦しめてきた人間を、全員残らず、肺に肋骨《ろっこつ》が刺さり、重いもので顔面がつぶされ、髪がすべて抜け、両足と両腕の骨がすべて粉々に砕けた状態で殺してください。よろしくお願いいたします』

……あれは強烈だった。読み間違いかと思って二度見三度見したので、一言一句までうっかり覚えてしまったのはつくづく失敗だ。とっとと記憶から抹消《まっしょう》してしまいたい。

たぶん女性のものなのだろうけれど、可愛《かわい》らしく丸みを帯びた字体で書きつけられたその絵馬からは何かどす黒い物質が噴き出ている気すらして、その時わたしはできるだけじかに触らないように、紐《ひも》の先っぽを棒きれで引っかけてお焚きあげ用の籠《かご》に放り込んだ。

やばいものを見てしまった、という気分とともに、若干《じゃっかん》このお仕事を後悔したものである。

「あらら、そんなことがあったのですか」

切りそろえた黒髪をさらりと揺らし、先輩はふふっと微笑《ほほえ》んだ。

「確かに、慣れていないと、少し怖い絵馬もたくさんあるものね……」

「少しじゃないですけどね!?」

うんうんと納得してくれる先輩に、わたしは苦笑いする。

「まあ、それはお勤めを始めてからのことなんですけども。そもそもこの神社、なんか最初に入った時に、ちょっと他と空気が違う、的な……。鳥居をくぐった瞬間にぶわっと背中の毛穴が開くっていうか、ウワー異界に来ちゃった！　みたいな感じしませんでした？」

「……どうでしょう。ちょっと身に覚えがありませんが……そういう風に感じる方も、いるのかもしれませんね」

先輩はいまいちぴんとこなかったらしく、首を捻《ひね》っているけれど。まずもって、この神社の由緒——前に「縁起」と言ったら「それはお寺よ」と先輩に突っ込まれた——からして、なかなか因縁めいているのだ。

「なんでもその昔、心中のさなかに恋人に裏切られて、自分だけ死んでしまった不運な女性を祀《まつ》ってある……んですっけ……。すっごく気の毒な人だったんだなあ、って。神様にこういう言い方、よくないかもしれませんけど」

「悼《いた》むことは悪いことではありませんよ。それに確か、恋人と心中することになったいきさつ自体も、周囲に結婚を反対されていた上に、信頼していた仲間に騙《だま》されて仕事の金策に失敗し、追いつめられてやむにやまれず……という複合的なものであったようですし」

「ここの神様、そんなにツイてなかったんですか⁉」

「心中の時には、お腹《なか》に相手との赤ちゃんもいたそうですから。新しい命を産めないままに、身重で自死とは、いかにも無念……。なんにせよ不運が重なったのは事実でしょう」

「そうなんですか……。だからなのかな。ご利益が、いろいろあるのも」

数えかけの安産祈願の札や子供の安全お守りを手にとって眺めつつ、わたしは唸《うな》った。

この神社、その端緒にまつわるような、こじれた男女の仲のみならず、厄介《やっかい》な仕事先や交通事故、病やギャンブル、酒などなど、およそ縁とつくものならば、ありとあらゆるジャンルにおいてバッサバッサと切ってくださるそうだ。「特に女性の願いに効くと言われていますけれど、そんなこともないですよ」とは、先輩の言である。

「今までに、それはたくさんの方が詣《もう》でては、こもごものお願い事をされているわけです。そういえば先の戦争では、出征《しゅっせい》した我が子の無事を祈るお母様も、たくさんお参りに来られていました。切羽詰まったお願い事も多いですから、何かしら感じるところがあったとしても、無理からぬことです」

「戦争……」

諸々察してくれる先輩に、「なるほどなあ」と思いつつ、その単語に、ちょっと思い出すことがあった。

「そういえば、『縁切り神社』を怖く感じる理由っていうと……昔おじいちゃんがしてくれた、怪談を思い出すからかもしれません」

「怪談？」

先輩が大きな黒瞳に興味の色をのせたのを見てとって、「話してもいいです？」とわたしは提案した。「もちろん」と一も二もなく同意してもらえる。

「えっと、わたしのおじいちゃんが戦時中に経験した話らしいんですけどね。当のおじいちゃんは昨年、亡くなってしまったところなんですが……」

だからもう、七十年ほど前のことになるのかもしれない。

祖父の若かった頃の話。わたしなんてその頃、影も形もないわけなので、全然想像もつかないけれど……。わたしは話をするために、おじいちゃんに聞いた話をじっくりと思い起こし始めた。

＊

わたしの母方の祖父——須田惟孝《すだこれたか》が徴兵されたのは、終戦間近になった頃だったという。

赤紙がどうとか、戦争中の話については、義務教育の国語や歴史や道徳の授業で習った以上の知識を、わたしは持っていない。ただ、授業で上映された戦争映画やら、小学校の学級文庫にどのクラスでも必ず入っていた戦争教育の本やらで、悲惨で残酷《ざんこく》な体験談ばかり教えられてきたが、実際にその時代を経てきた祖父からは、あまり怖い話を聞いたことがなかった。聞けば祖父は、字が非常に上手だったために、内地で事務方のような扱いで重用されていて、前線に送られずに済んだのだそうだ。

生前の祖父は陽気な人で、たいそう子供好きでもあった。母の実家に遊びに行くたび、わたしはそんな祖父から昔話を聞くのがとても楽しみだった。よく祖父と並んで縁側に腰掛けては、祖母お手製のせんべいや草もちをぱくつきながら、きれいに前栽《せんざい》を整えられた庭を眺めつつ、しゃがれた低い声に耳を傾けたものだ。

特にお気に入りだったのは、軍馬の飼育を任された時の顚末《てんまつ》である。軍馬はよく調教されているので、世話をしていてとても賢く可愛くて、祖父は思わず戦後に自分でも馬を飼い始めたそうな。それがとんでもなく性格の悪い駄馬で、後ろ足で蹴《け》られたり、くしゃみで鼻水を吹きかけられたり。「まったくあの馬には苦労させられた」で始まる、面白おかしい語り口に、わたしは同じ話を何度も彼にせがみ、そのたび大笑いさせられたものだ。

そして、そんな祖父の十八番《おはこ》だったのが、軍務の最中に足の骨を折る大怪我を負って、とある陸軍病院に入院した時にまつわる怪談である。

「当時……俺がいた部隊はいろんなことが行き届いていて、理不尽な目に遭《あ》わされたことなんて一つもなかった。でも、全部がそうじゃなかった」

この話をする前に、決まって祖父は、どこか遠くを見つめるような眼差しをしていた。

そして、入院時に祖父と同室だったとある軍人さんは、そういう「不遇な」部隊に配属された人だったのだという。

「名前は覚えていないんだがなぁ。仮にAとしておこうか。見たところまだ二十歳《はたち》そこそこで、……気のいい、優しいやつだったが、そういうところが逆に気に障《さわ》るって人間もいる。特に、……別に現代でも通じることだと思うが、上層部に対する不満を溜めさせないために、イライラを下にぶつけて鬱屈《うっくつ》を発散させるなんてのは、どこでもあった。……性格の穏やかなAは、格好の標的だったらしい」

彼のいた部隊は、毎日、上官も同僚も一緒になって、不条理な〝私的制裁〟をAに加えていた。日常に少しずつ透け始める敗戦の色が、より一層彼らのストレスを煽《あお》っていたのかもしれないが、今となってはわからない。それに、なんにしてもAにとっては関係のない話だろう。

Aの置かれた環境は過酷だった。寒空の下、訓練だからと一人だけ川で泳がされることもあったし、顔の形が変わるまで殴られることもあった。それでもどうにか耐えられたAだが、とうとう看過できない事態が発生してしまう。

同僚の一人がふざけて彼の背中を銃剣で小突いた際、うっかりとバランスを崩し、切先がその脇腹に突き刺さったのである。当然、Aは大怪我を負い、それで入院することになったのだ――と。

『本当は、負傷の経緯は他言まかりならんと上官に言われていたのですが。……なので、ここだけの話にお願いします』

弱々しい調子で、Aは祖父に頼んだ。祖父は何も言えなかった。

『帰りたい。帰りたいなあ。母が待ってるんですよ。母ちゃん、身体《からだ》が弱いのに、僕のために毎日お百度を踏むって……。だから僕は、絶対に帰らねばならんのです……』

Ａの話は決まってそれだ。けれどＡの怪我は良くなることなく、日に日に弱っていった。

理由ははっきりしていた。

彼は、とある厄介な持病を抱えていたのだ。


——などと、思わせぶりな前置きをしてしまったが、実は具体的な病名は忘れてしまった。ただ、症状については記憶がある。

まだ幼く、「それって風邪のようなもの？」と尋《たず》ねるわたしに、「いや、かなり違う。早い話、血が固まらない病気だ」と祖父は教えてくれた。通常ならば、怪我を負っても血中の成分のためにまもなく流血が止まってくれるが、その病に罹患するとそうではない。血が固まらず、失血が続き、やがて死に至ってしまう場合もあるのだと。

Ａは長年この疾患に悩まされていた。

『血が足りなくなったら終わりです。でも、自分は帰らなければ』

真っ青な顔色で、Ａはうわごとのように繰り返した。

祖父の足が徐々に回復して退院の日が近づくにつれ、さかしまにますます衰弱していく彼は、いつしかげっそりとやつれ、浮き出た頬骨に皮が張りついているような有様だった。

眼球だけが爛々《らんらん》と輝き、血の気の失せた紫色の唇で、二言目には「母が待っている」と繰り返す。

彼はきっともう助からない。病室まで回診に来る医師も看護師も何も言わなかったが、祖父には漠然とそれがわかっていた。そして、祖父にも察せられるということは、当のAは、よりはっきりと自らの命運を悟っていたということである。

『ああ、……帰りたい。母の作ってくれた浅漬け、うまいんですよ。塩加減が絶妙で。少しだけ醤油《しょうゆ》を垂らしたあれを麦飯にのせて、あと一回でいいから食いたいなあ……』

『きっと帰れますよ』

『須田さんは、本当に帰れると思いますか』

『ええ』

正直、心にもない言葉の自覚はあったが、祖父はAを毎日励ました。

Aは肌身離さずとある守袋を持っていた。なんでも、悪縁切りで有名な神社の厄除《やくよ》けで、軍役に服する病弱な息子の身を案じて、彼の母がいただいてきてくれたのだという。

なお、彼は本当によくできた人で、一度も自分を害した同僚たちの悪口など言ったことはなかった。

『……あの人たちが、一度でもいいから自分のことを慮《おもんぱか》ってくれたら、こんな事故は起きなかったのでしょうか』
けれど、骨の浮き出た青白い指で朱色の守袋を握りしめて、一度だけそんなことを漏《も》らした時、Aの目にはどこか仄暗《ほのぐら》い翳《かげ》りがあったという。
「俺の退院が一週間後に迫る頃だった。不思議なことが起き始めたのは」
祖父はそう言って、タバコの煙を吐き出していた。ニコチンの匂いが鼻先をくすぐるたび、わたしは話の中の遠い過去に思いを馳《は》せたものだ。

不思議なことというのは、他でもない。

夜にふと目が覚めると、隣のベッドで寝ているはずのAの姿が見当たらないのである。闇に浮かび上がる空っぽの白いシーツはどこか不気味で、簡素な備えつけのパイプベッドがやたらと寒々しく感じる。彼は失血が続いている。もう立ち上がるのもつらいはずなのに、いったいどこに行っているのか。便所にしてはやけに長い。

寝たふりをして身を横たえていると、やがて病室の扉がスーッと開き、音もなくAが戻ってくる。彼はそのままベッドに向かい、するりと布団に滑り込む。そして、やがて何事もなかったかのように寝息が聞こえ始める。

薄気味が悪かったのが、生白いAの横顔が、どこか鬼気迫る表情を浮かべていたことだ。

わずかに窺《うかが》い見たその眼球は、青みを帯びてぎょろぎょろとあたりを見回し、誰も自らの姿を目にしていないことを確認しているように思われた。祖父は背筋が寒くなり、「どこへ行っていたのですか」と気軽に尋ねることなどできなかったという。

果たして。

Ａは毎日、夜になるとベッドを抜け出した。

祖父も最初は夢うつつに幻でも見たのだと片付けようとしていたが、二度、三度と続くうちに、いよいよＡの行方が気がかりになってきた。

そして、祖父にとっては、翌朝に退院を控えたある晩。

（どうしても気になる。毎晩のＡの行方を確かめるなら、今日しかない）

祖父はその夜、ベッドで息を殺して時を待っていた。ドクンドクンという自らの心臓の音をやけに大きく感じながら、背後でシーツが擦れる音にじっと耳をそばだてる。

やがて、Ａのベッドから、かさり、と身を起こす気配がした。

（今だ）

薄目を開けて、スルスルと病室の扉が閉まるのを見届けた後、祖父は続いてそっと病室を抜け出した。支給されていたスリッパは使わず、裸足《はだし》のまま冷たい床に踏み出す。

ひたひた、と少し離れた場所からスリッパの音がした。Ａのもので間違いない。夜の陸軍病院は他に物音もせずシンと静まり返って、まるで自分以外の誰もが死に絶えたような心地がしたと祖父は語った。

そんな暗い静寂の向こうから、ひたひた、とスリッパの音が響いてくる。

ひたひた。ひたひた。

遠ざかるその音を頼りに、気配を殺しながら、祖父はAの後を尾《つ》けていった。

やがて、カラカラカラ……とどこかの引き戸を開く音を最後に、Aの足音はぱたりと途絶えてしまった。

息を潜めた祖父がそうっと廊下を覗《のぞ》き込むと、一つだけ、ぼんやりと明かりの漏れている室がある。

——医療廃棄物の集積場だ。

(こんなところで何を)

祖父は眉根を寄せ、抜き足差し足で、そうっと室に近づいてみる。

すると、中から微《かす》かに、聞き慣れない音がする。

ちゅう、ちゅう……ちゅう、ちゅう……。

赤ん坊が乳か何かを吸うような音だ。

ちゅう、ちゅう。

ちゅう、ちゅう。

絶え間なく音は続いていた。時折、かさかさと何かを弄《いじ》る音がそれにかぶさる。ちゅう、ちゅう。かさかさ。

聞いているうちに、祖父はとうとう耐えきれなくなって、部屋に踏み込んだ。

『A、そこにいるのか』

呼びかけとともに入った部屋は薄暗かった。Aが床に置いたらしいカンテラの明かりだけが、ぼうっと室内を照らしていた。

Aはそこにいた。

彼は、ギョロリと大きく目玉を動かして祖父を見た。

その口元は、真っ赤に染まっていた。手に握られたものを見て、祖父は今まで彼が夜中に何をしていたかを悟ったという。

床には、治療に使われた血染めの脱脂綿が一面にぶちまけられていた。

『須田さん、見ましたね』

彼は――夜な夜な起き出しては、他人の血をすすっていたのだった。身体中から流れ出てしまった、自らの血を補うために。

＊

「もー、この『見ましたね』が怖くて怖くて、わたし、おじいちゃんからこの話を初めて聞いた時は、なかなか眠れなかったんですよ！」

トイレに行くと、血染めの唇をした軍人さんの幽霊に出くわすのではないかと大泣きして、母を困らせた記憶がある。そんな風に冗談めかして先輩に説明した後、わたしは「子供ってバカですよね」とわざと大声で自らの臆病さを嘲笑《あざわら》ってみせた。

「それは、……なんだか、怖いというより、少し切ない話ですね」

先輩の言葉に、わたしは頷く。昔はとにかく夜の病院で手当たり次第に他人の血をすするAのビジュアルが衝撃的すぎて、恐ろしさばかりが勝っていたが、今となっては、同じ感想だ。

「祖父はそのまま病室に逃げ帰って、そこからAさんとは話さずに退院してしまったそうですから。結局、彼がどうなったのかは、わからずじまいなんです」

でも、……きっと助からなかったのだろう。いくら人の血を吸ったからといって、自分の血が増えるわけではない。きっと、彼はそのまま——そう思うと、改めて、名も知らないその人を悼みたいと思えた。

「まあ、そのAさんがお母さんにもらって、ずっと持っていたってだけの小道具なんですけど。縁切り神社のお守り。縁切り神社って言葉を聞いたのもなにせその話が初めてだったもんだから、強烈に印象に残っちゃってて」

わたしはポリポリと頬を掻いた。

「ほんと、病気と悪縁が切れて、故郷のお母さんのところに帰れてたらいいんですけどね……でも、難しかったんだろうなあ」

ため息をつくわたしに、なぜか先輩はいたずらっぽく黒瞳《こくとう》を輝かせた。

「意外にわかりませんよ？」

「え？」

「その方のお母様、ずいぶん熱心にお百度を踏まれていたようですから。子を想う親の祈念というのは、思いがけないほど強いものです。ひょっとしたら神様に願いが通じて、息子さんには何かの奇跡が起きたかも。体調が改善して、案外……ちゃんと郷里に帰還なされたかもしれません。完治が難しい病気ですから、長寿まで叶ったかはさておき。少なくとも望みどおり、お母様には会えていたり、……ね」

先輩の優しい慰めに、わたしは思わず噴き出した。やけに具体的だったからだ。Aの病名すら聞いていないはずなのに。

「えーっ？　たとえばの話ですよね？　先輩ってば、なんだか見てきたみたいに言うじゃないですか！」

「どうせ知りようのない過去のことなら、できるだけ幸せな時間があったと想像しておいたほうが、素敵だと思いませんか？」

「それはそうかも」

あっさり納得するわたしに、先輩は「ふふ」と目許《もと》を和らげた。

「もし叶ったなら、彼はちゃんとお母様の浅漬けもお腹いっぱい召し上がっておられたに違いないですよ」

「醤油を垂らして？」

「ええ、ご飯にものせて」

「あはは！　……だといいなあ……」

それからしばらく、わたしたちは顔を見合わせて笑っていた。おまけに、そんな話をしているうちに、わたしまで無性に浅漬けが食べたくなってきた。普段全然お漬物なんて好きじゃないんだけど、今日は特別にコンビニで買って帰ろうかな。パック入りの、柚子《ゆず》のきいた白菜ときゅうりのやつ。

なんだか、先輩のお茶目な一面を知ってしまったものだ。それに、思い出すたび後味の悪かった祖父の怪談に、少しだけ救いが見いだせたようで、こころもちスッキリする。

先輩の言うとおり、Aがきちんと回復して、お母さんに会えていますように、とわたしはひっそり願う。本当にもう、今から考えても仕方のない、ずっとずっと昔の話なんだけれどね。

そこでわたしは、かねてから気になっていたことを呟《つぶや》いた。

「それにしても、Aさんのお母さんが毎日お百度を踏んでいたのは、どこの縁切り神社だったのかなあ……」

この神社の鳥居近くにも、お百度石はある。子供の背丈ほどの丸い御影石《みかげいし》の表面に名称を彫りつけられた、『お百度参り』をする際の目印だ。どうしても叶えたい願い事のために、神社仏閣《ぶっかく》の入り口から本殿までを、一日のあいだに裸足で百往復して詣でるという過酷なその習慣を知ったのも、祖父の怪談がきっかけだった。この神社で最初に見かけた時に、「本当にあるんだ……」と驚いたのを覚えている。

ふと思い立ち、社務所の窓からお百度石に目を向けてみる。紺《こん》色のもんぺをはき、白いかっぽう着のままで、肌の擦り切れた足で幾度も石畳《いしだたみ》の上を往復するAのお母さんの幻が視《み》える気がしたのだ。

「実際にここだったりして！　なぁんて、縁切り神社は全国にたくさんあるし、さすがに違うとは思うんですけどねー」

「さあ、どうでしょう。もしもここだったとしたら、きっと神社が覚えているのでしょうけれどね」

「神社が覚えている……ですか？」

不思議な言い回しに首を傾げるわたしに、先輩は淡く笑んで唇に指を押しあてる。

「今やここは、最初にお祀りされた女性の念ばかりでなく、いわば、毎日お参りをされる皆様の、想いの集合体でもありますから」

お守りを整理する手を止め、続けて先輩はそう教えてくれた。

「想いの集合体？」

「ええ。生まれる前に亡くした我が子を悼む心が、同じように子供を想う母親を呼び寄せ、己を裏切ったものを怨《うら》む心が、同じように裏切られた方の無念を晴らす手伝いをする……。因果とは、そんなふうに共鳴し合って、巡り巡るものです」

「うーん……」

因果が巡り巡った結果の、想いの集合体が、この神社ということか。わかるような、わからないような。

でも、わたしにはまだ経験のない話とはいえ——この神社にお祀りされている神様も、身重のままで亡くなったという。生まれる前でも生まれた後でも、子供を失うなんてきっと想像もつかないくらい苦しいことだろう。

戦時中は、出征する兵隊さんの親御さんもたくさんお参りしたんだって、さっき先輩は言っていたっけ。Aのお母さんみたいな人が、きっとたくさんここにも来ていたに違いない。そんな願い事を受け取り、叶えるうちに、……この神社の神様のお気持ちも、ちょっとずつ癒《い》えているといいなあ、なんて。勝手ながら思ってしまう。

それにしても。

「改めて考えてみると、結構モヤっとくるの、当時Aさんをいじめていたっていう同じ部隊の人たちだなぁ」

私的制裁にかこつけてさんざんAをいじめて、挙句の果てに冗談で人のお腹に銃剣を突き刺して、なんのおとがめもなしというのは、どうにもいただけない。

「そのひどい上官や同僚たちに、ひどい天罰が下っておいてほしいもんだ、なんてイヤなこと考えちゃいますよ。せめて、ほんとに奇跡が起こってAさんが助かったんだとしたら、……もうそんな人たちと無関係で過ごせていますように、とかも」

日々ここの恐ろしい絵馬を目の当《ま》たりにしているだけに。祖父の昔話に登場する赤の他人のことだし、そんなふうに暗い願いを抱くのはよくないだろうと、自戒すべきはずなのだろうが、……いやはや。

「真琴さんは優しいですね」

ため息をつくわたしに、先輩は目を細める。

「でも、それでしたら心配いりません。彼は、人との悪縁もきちんと切れたはずです。ひどいことをした人たちは、しかるべき報いを受けていますよ」

「え」

やけに迷いなく断言するものだから、わたしは一瞬面喰《めんく》らってしまった。

「またまたぁ！　先輩ってば、ほんと見てきたように言うんだから」

「……そうですね」

一拍置いてからたまらず笑い飛ばすわたしに、先輩はにっこり微笑みを返した。

その、鮮やかに赤みを帯びた唇の端が、三日月形にきゅっと吊りあがるのを見て。ふと祖父の話の続きを思い出す。どうしてだろう、今の今まできれいに忘れていたけれど。

日々憧れてきたはずの美しい顔が、不意に、まったく知らないものに変わった気がして。

そわついた心地を紛らわすように、彼女からつい目を背けてしまいつつ、わたしはおずおずと口を開いた。

「ねえ、先輩。……Aさんのいた部隊の人たち、あの戦争で全滅したんです」

——わたし、その話はしてませんでしたよね？

雀の鳴き声が響く。

今日はよく晴れた、暖かい午後だ。

わたしは、はっと顔を上げた。いつの間にか陽気に誘われてうつらうつらしてしまっていたらしい。なんだか、白昼夢でも見ていた気分だ。我ながら、お勤めの最中に不謹慎なことである。ぼんやりしたまま、わたしは誰もいない隣の席を見つめた。

今、ここで助勤をしているのはわたし一人。わたしに引き継ぎをしてくれた先輩の巫女さんは、そのまま辞めてしまったから。

「さっきまで誰かと話していた気がするんだけどな……」

なんとはなしにわざと声に出して呟きながら、わたしは白衣の腕をまくり、お守りの在庫を数える作業を再開させた。

※この作品はフィクションです。実在の人物・団体・事件などにはいっさい関係ありません。

集英社オレンジ文庫をお買い上げいただき、ありがとうございます。
ご意見・ご感想をお待ちしております。

● あて先
〒101-8050　東京都千代田区一ツ橋2-5-10
集英社オレンジ文庫編集部 気付
夕鷺かのう 先生

会社の裏に同僚埋めてくるけど何か質問ある？

集英社
オレンジ文庫

2021年4月25日　第1刷発行

著　者　夕鷺かのう
発行者　北畠輝幸
発行所　株式会社集英社
〒101-8050東京都千代田区一ツ橋2-5-10
電話【編集部】03-3230-6352
【読者係】03-3230-6080
【販売部】03-3230-6393（書店専用）
印刷所　株式会社美松堂／中央精版印刷株式会社

造本には十分注意しておりますが、乱丁・落丁(本のページ順序の間違いや抜け落ち)の場合はお取り替え致します。購入された書店名を明記して小社読者係宛にお送り下さい。送料は小社負担でお取り替え致します。但し、古書店で購入したものについてはお取り替え出来ません。なお、本書の一部あるいは全部を無断で複写複製することは、法律で認められた場合を除き、著作権の侵害となります。また、業者など、読者本人以外による本書のデジタル化は、いかなる場合でも一切認められませんのでご注意下さい。

©KANOH YUSAGI 2021　Printed in Japan
ISBN 978-4-08-680376-2 C0193